삶이 지나간 자리

삶이 지나간 자리

발행일	2025년 4월 30일

지은이	최영만		
펴낸이	손형국		
펴낸곳	(주)북랩		
편집인	선일영	편집	김현아, 배진용, 김다빈, 김부경
디자인	이현수, 김민하, 임진형, 안유경, 한수희	제작	박기성, 구성우, 이창영, 배상진
마케팅	김회란, 박진관		
출판등록	2004. 12. 1(제2012-000051호)		
주소	서울특별시 금천구 가산디지털 1로 168, 우림라이온스밸리 B동 B111호., B113~115호		
홈페이지	www.book.co.kr		
전화번호	(02)2026-5777	팩스	(02)3159-9637

ISBN	979-11-7224-587-0 03810 (종이책)	979-11-7224-588-7 05810 (전자책)

(주)북랩 성공출판의 파트너

북랩 홈페이지와 패밀리 사이트에서 다양한 출판 솔루션을 만나 보세요!

홈페이지 book.co.kr • **블로그** blog.naver.com/essaybook • **출판문의** text@book.co.kr

작가 연락처 문의 ▶ ask.book.co.kr

작가 연락처는 개인정보이므로 북랩에서 알려드릴 수 없습니다.

최영만 회고록

삶이 지나간 자리

북랩

인간은 어디서 왔으며 어디로 가게 될 것인가? 그런 궁금증은 철학자들이나 생각해 볼 궁금증일 테고, 대다수의 사람들은 세상에 인간으로 태어났으면 그만큼 넉넉함도 누리며 많은 사람들로부터 인정도 받으며 장수하길 바라지 않겠는가. 그렇게 보면 나도 그런 바람까지 이루지는 못했어도 나이가 어느덧 팔십 중반이고, 후회 없이 살아가고 있다는 말을 후손들에게 전하고 싶다.

동녘에서 서녘까지

세상에 태어나 오래오래 사는 게 능사는 아니겠지만, 나는 당시로는 27세 노총각이었던 아버지 최동진 씨와 20세였던 어머니 정송인으로부터 태어난다. 그래서, 이젠 인간의 삶이 모든 게 변화된 오늘날에서야 족보 따위라고 말할지 몰라도, 나는 경주 최씨 35손으로 할아버지인 최방헌 씨 장손이며, 문중으로서는 종손이다. 그러니까 내가 종손이기까지는 큰할아버지에게 후손으로 이어질 사람이 없어지자, 결국은 아버지가 큰할아버지 양자로 족보에 올려진 게 이유라고 하겠다.

목차

학교에 들어가기 전 기억

....

    정 씨 할아버지는 아내와 사별 이후 홀로 지내시는 거처방을 사랑방으로 두신 바람에 우리 할아버지와 절친이시다. 그렇기에 농한기 때는 심심풀이로든 새끼 꼬는 일이나 짚신을 만들기도 하셨다. 그런데 나는 엄마가 저녁 밥상을 차리고 있는 걸 보자마자 곧 할아버지 얼른 오시라 말씀드리러 달려간다. (3세) 그렇게 달려가는 이유는 할아버지 밥상에만 올라가는 특별 반찬을 먹을 수 있어서라고 해야 할까. 아마 그랬을 것이다. 기억에는 없으나, 할아버지로서는 내가 후손으로 이어질 귀한 손자라는 이유이기도 하셨을 테지만, 나 또한 할아버지가 우리 집안의 가장 큰 어른임을 알았을 것이다. 그 당시 밥상은 할아버지에게만큼은 좀 특별하다면 특별하다고 말할 수 있는 밥상이기 때문이다. 그런 밥상은 모든 가정마다 그랬을 테니까.

    이 부분에 있어 생각해 볼 수 있는 것은, 저세상에 가게 되면 먼저 가 계실 조상님들께 부끄럽지 않을 것이기 때문일 테다. 뿐만이 아니다. 조상 대대로 이어질 족보며 제사까지 다 그렇다. 그러니까 제사란,

시대적 추모가 아니라 사람이 죽으면 그만이 아니라는 유교적 사상 때문일 것으로 설명하면, 조선을 세운 태조가 받아들인 제사로 그런 제사를 아직도 풍습이라 할 것이나, 인간은 죽는 게 끝이 아니라는 불안한 심리가 모든 사람의 가슴속에서 작용할지도 모른다. 아무튼, 할아버지가 삼아 주신 짚신을 신어 본 기억이 있다. 물론 신고 다니라는 짚신이 아니라 그저 귀엽다는 의미이겠지만 말이다.

네 살 때 칼침 수술

‖‖

아버지의 도리깨질 실수 때문에 벌어진 일이기는 하나, 옆구리에 칼침 수술을 받아야 할 만큼 문제가 생겨 2킬로미터나 떨어진 부학동이라는 동네로 할머니 등에 업혀 간다. 그래서, 옆구리에 난 칼침을 수술해 줄 아저씨는 추석 명절에 먹을 생벼 두 단을 짊어지고 온다. 나는 저 아저씨가 어떤 사람인지 금방 알아차리고 할머니에게 바짝 붙는다. 그러나 아저씨는 곪은 곳을 살피더니 곧바로 요즘 것으로 치자면 과일칼 정도 되는 크기의 칼을 들고 온다.

그것을 본 나는 겁에 질려 할머니에게 찰싹 붙는다. 그러나 아저씨는 울 것은 당연하다 싶었는지 달래려고도 않고 수술 부위를 사정없이 짼다. 나는 비명을 지른다. 그러나 아저씨는 고름을 빼내고 문 종이를 돌돌 말아 짼 부위에 쑤셔 넣는다. 문종이 쑤셔 넣을 때는 아프지 않아 다행이었고, 상처는 집에 돌아와 할머니가 뜨겁게 달궈진 부지깽이로 치료해 주서서 곧 나았다.

고모 사촌 누나가 심은 소나무

　김종옥 씨가 없애 버렸다는 75년이나 자란 소나무는 내가 다섯 살 때 심었다. 그러니까 고모 사촌 누나는 (딸매기) 열두 살로, 나를 업어 주는 건 물론이고 누나는 나를 그리도 챙겨 주었다. 어쨌든 소나무는 손상 없이 잘 자라 우람한 소나무가 됐다. 그런데 내 나이 아홉 살 때, 큰고모 가족이 살해당하기 전날, 고모와 누나는 마을 건너편 오두막 집 허 집사라는 노인이 죽임을 당하는 모습을 보게 된다. 그것을 보게 된 고모는 우리는 허 집사처럼 죽을 바엔 차라리 자살해 버리자는 생각이었을 것으로, 모녀는 양잿물을 삼켜 버린다. (삼키는 것까지는 못 봤다) 양잿물로는 죽지 않자, 모녀가 이불을 앞자락만 가리고 있는데, 사실을 어떻게 알고 왔을지는 몰라도, 그동안 머슴이었던 (신원창) 붉은 세력 우두머리로부터 받았는지 장 칼로 두 문짝을 확, 가른다. 고모 가족이 그렇게 해서 모두는 살해되었음을 알게 된 동네 사람들은 고모가 그동안 정성스럽게 쓰시던 세간살이를 모두 가져가기 바쁜 것을 보면서 '너무들 한다' 했다.

아버지 지혜로 살아남은 고모 사촌 가족

둘째 고모부(김삼동 씨)는 밭에서 거둔 수수대를 짊어지고 우리 집 앞을 지나게 되는데, 만나서는 안 될 박병호를 만나게 된다. (박병호는 동네 친구이기도 하다) 그렇게 되기까지의 박병호는 붉은 완장 대장급으로 붙잡아 죽일 자 설도에 사는 노형기의 부친을 찾으러 다니던 차에 생각지 않은 고모부를 만나게 된 것이다. 박병호는 고모부에게 바지게를 내려놓게 하더니 어디서 구했는지 몰라도 부서진 교자상 부속인 막대기로 고모부 정강이를 두어 번 때린다. 그러나 막대기는 단번에 두 동강이 나 버리고, 자기 부친 집의 고목 같은 울타리 말목을 흔들어 뽑아 한번 때리더니 울타리에 매달린 새끼줄을 걷어다 고모부 두 손을 묶는다.

그러고서 앞마을로 해서 살해 장소로 데리고 가 곧바로 살해한 것이다. 살해 장면까지는 못 봤으나, 작은 고모부가 그러기를, 이승만 정부 인사들을 붙잡아 죽이려 수백 명을 동원했는데 너는 (김삼동) 그놈에게 (노현기 부친) 밥도 주었느냐고 물어본 것이다. 고모 집은 동네에서는 좀 외딴집이다. 그렇기에 도주자가 이용하기 적당한 집일 수도 있는 것이다.

그래서 설명하자면, 노현기 부친을 붙잡아 죽이려 수백 명을 동원해 온 들판을 뒤졌으나, 허사였다. 아무튼 박병호가 고모부를 살해하고 두 시간도 안 돼 고모부는 시신이 되어 가마때기로 만든 들것에 의해 묻힐 곳으로 운구가 된다. 붉은 피를 질질 흘린 채 말이다.

정말 아닌 모습을 나 혼자만이 아니라 살해된 고모부 자식들도 보게 된다. 물론 가까이가 아니라 담 너머이기는 해도. 오늘날 같으면 그런 사실이, 조금 전까지도 바지게 짊어지고 밭에 가시던 아버지가 한 동네 아저씨에 의해 살해되었다면 자식으로서 너무도 놀라 넋이 다 나갈 정도였겠지만, 모두는 '그런가 보다'만 했던 것 같다. 그러기까지는, 그동안 머슴도 둘씩이나 두고 잘 먹고 살았으니 이젠 괜찮은 것도 내놓으라는 당시 엄혹한 시대적 상황에서 돈이 아니라 가족 중 장남 목을 내놓으라는 것이다. 사람의 목숨까지는 내놓으라는 건 말도 안 되는 것이나, 온 가족이 몰살당하지 않으려면 어쩌겠는가 해서 아버지는 이제 갓 중학생 아들에게 "나는 네 형이 죽고는 못 산다." 그러시는 아버지 말씀에 (직접 들은 게 아니다) "나는 죽으러 간다~ 나는 죽으러 간다~" 하고 김감범은 동네가 떠나갈 듯 소리소리 지르면서 죽음의 장소로까지 가는 엄혹한 시대였다.

그러니까 죽음의 장소도 마을 근처가 아닌, 머나먼 포천이다. 죽음의 장소 포천까지의 거리는 장정들 걸음으로도 두 시간여 거리다. 그렇게 먼 거리를 붉은 세력들에 의해 끌려가는 게 아니라 스스로 걸어간 것이다. 아무튼 김감범은 그랬다. 그런데 김감범은 죽으러 가면서 무슨 생각을 했을지. 그러나 당시 생각을 들을 수도, 알아볼 수도 없는 이미 전날 일이나, 김감범의 죽음은 동네에서도 너무도 아까운 사실이었다.

그런데 김병연 씨의 둘째 아들 16살 김감범이 북한 체제에 신봉하던 자들에 의해 죽어 버리고 이승만 정부가 세워지기는 했으나, 민심까지 사로잡지 못했을 뿐더러 공산주의 지도자급 박헌영 세력까지 장학하지 못한 상태로 돌아가는 민심만이라도 살피자고 엿장수로 가장한 경찰관을 동네 사람들 네 명이 달려들어 때려 죽이고, 죽은 경찰관을 고모 집 잿간에다 감춰 버린다. 그 사실을 중학생인 김감범도 알게 된다.

아무튼 이미 살해되어 버린 김감범이 알게 되기까지는 상식적으로 이해가 안 되나, 당시를 살아 본 입장에서 포천 다리 밑은 붉은 세력 반대자들을 죽이는 사실상 처형 장소였다. 그래서든 김감범은 가족을 위해 죽으려고 그랬을까, 붉은 세력들 칼에 의해 살해되고 만다.

그래서든 김감범의 엄마는 사랑하는 아들이 죽으러 간다고 소리소리 지르면서까지 갔으니, 죽었을 시신이라도 봐야겠다는 생각에 사돈인 전봉석 씨와 포천 다리 밑까지 가게 된다.

짐작대로 작은아들은 붉은 세력들의 칼에 의해 죽었음을 확인하게 된다. 그렇게 된 김감범은 엄마에게 있어 더없이 사랑하는 막내아들이다. 그래서 아버지는 큰아들을 중시할지 몰라도, 엄마에게 있어서는 막내아들이 최고였다. 그렇기에 김감범의 엄마는 막내아들의 사진만 붙들고 날마다 울어 대기만 해, 사진을 감추기까지 했단다.

그래서든 김감범 학생은 멋짐이 철철 넘치는 아버지 인품에다 단아하면서 더할 수 없이 미녀인 엄마를 닮아 바라만 봐도 행복하리만치 잘생긴 것이다. 그런 데다 붓글씨도 누구로부터 배웠는지 명필 중 명필이라 동네 정각을 빛내 주기도 했다. (그런 말은 김감범의 친구이기도 했던 삼촌 얘기다) 그렇기도 하지만, 그는 성품까지도 좋아 아이들의 우상이기도 했다는 기억이 있다.

아무튼 포천 다리 밑은 사형장이라고 해야겠지만, 사람 목을 잘라 무당굿에 쓰이던 돼지머리처럼 해 놓고 피우던 담배도 물리는 등 온갖 잔인성을 다 보여 주었다는 전언이다. 그러니까 독재자 히틀러가 자행한 홀로코스트를 뛰어넘는 짓들을 했을 것으로 봐야 할 것 같다. 그러니까, 이승만 정부가 세워진 바로 직후에 있었던 일이다.

사람을 죽이는 잔인성은, 가까운 함평읍에서도 사람 머리를 잘라 대나무 끝에다 매달아 들고 다니면서 온갖 욕설을 다 퍼부어 대기도 했단다. 그렇게까지 살해당한 사람들의 죄목은 그동안 머슴도 두고 잘 살았다는 이유다.

얘기의 본론으로 돌아가 고모부 살해 상황까지 직접은 못 봤으나, 오늘날 같으면 너무나도 무서워 어찌할 바를 모르고 당황했을 것이나, 고모 자식들은 무덤덤 했다. 붉은 완장을 찬 세력들로서는 그동안의 머슴살이 원한을 푸는 기회였을 테다.

너무나도 무서웠던 박병호

그러니까, 전 재산일 수도 있는 농우를 잡아먹자고 해도 거절 못 했던 당시의 엄혹했던 시대 상황. 그런 상황을 나는 직접 보기도 했다. 아무튼 우리는 저녁 밥상을 고모의 자식들과 같이하게 된다. 그러니까 점심이라는 단어조차도 없던 시절이라 누구에게든 해 지기 전 밥상이다.

그런데 하나님의 도움 덕분인지, 어머니는 고모 자식들의 밥상을 방 안을 들여다보기 전에는 못 볼 수도 있는 윗목에다 차려 준다. 물론 방 구조상 이는 해도 말이다. 그래서 모두 군소리 없이 숟가락질을 시작하려 할 때, 고모부를 살해한 박병호라는 사람이 우리 집으로 오고 있지 않은가. 살해할 만한 위협적 도구가 없기는 해도 아버지는 박병호가 무슨 일로 오고 있는지 직감하시고 급히 뛰쳐나가 가로막는다. 시간적으로는 해가 지기 한 시간 전일 것이다.

그래서든 박병호는 집에 오더니 하는 말이, "자네 여동생 여기 있는가?" 그렇게 묻는다. 그러니까 고모 집에 가 봤더니 아무도 없어 하는 말일 게다.

"내 동생 여기 없어."

"자네 집에 없으면 어디 갔어?"

"어디 갔는지 나는 몰라."

"그래…?"

고모부를 살해한 박병호는 의심스럽다는 듯하더니 그냥 되돌아간다. 그런데 박병호가 돌아간 후 십여 분 뒤, 고모는 어디서 오는지 두 살배기 아들을 업고 들어온다. 그것을 본 어린 나도 놀라지 않을 수 없었다. 놀라지 않을 수 없는 이유는, 오가는 길이 고모를 죽이려고 찾아온 박병호와 마주칠 수밖에 없는 외길이기 때문이다. 그래서 아버지도 놀라 "여기 있지 말고 빨리 숨어 버려. 동생을 찾으러 박병호가 왔다 갔어. 그러니 여기 있다가는 우리는 다 죽어."라고 말한다. 빨리 숨으라는 아버지 말에 "우리 애들은 어떻게 있어요?" 하고 물을 만도 한데, 고모는 그런 물음도 없이 어디론가 가 버린다. 고모 아이들도 우리 아버지가 자신들의 엄마에게 하는 말을 듣고 있었을 텐데, "엄마, 어디서 이제 오는 거야?" 하고 물을 만도 한데, 고모 자식들은 내다보지도 않는다.

그것은 아버지가 살해당한 사실이 너무도 두려워서는 아니었을까. 아무튼 만약 우리 아버지가 박병호를 가로막지 못했다면 생각하기도 싫도록 가족 모두가 살해되고 말았을 것이다. 그러니까 아버지가 박병호를 가로막지 못했다면, 고모 아이들도 우리 가족도 무사하지 못했을 것이다. 전날 기억이지만 정말 아찔했다. 그래서는 동네 사람들 모두가 아는 대로 박병호는 일곱 동네 사람 종자로 두 명만 남기고 모두를 없애 버리겠다고 붉은 완장들 앞에서 공언했다지 않은가. 그런 공언을 듣게 된 붉은 완장들은 고모부를 살해하는 박병호 잔인성을 보고 본인들도 그렇게 죽게 될지 몰라 박병호 제거 작전을 세우고, 포천 다리 아래까지 데리고 가 살해했다는 소식이 들려왔다. 박병호가 살해된 후 동네 불안은 없어졌으나, 고모는 고모부 죽음에 대해 알고는 있었는지 모르겠다. 그것은 고모부를 살해한 박병호 집과 가까운 이동신 씨 집에서 왔음을 보면 알 수 있다. 그것도 있지만, 왜 애들 셋 모두를 우리 집에 두게 되었을까? 이건 아닌 상상이지만 애들을 우리 집에 두지 않았다면 고모는 물론, 아이들도 박병호로부터 죽임을 당했을 것이다.

죽을 만큼 고문 당한 둘째 고모

우리나라가 일본으로부터 해방되고 대한민국이 세워진다. 그렇기는 했으나, 정부는 박헌영 추종자들에 의해 뒤집힐지도 모른다는 생각에 경찰관을 엿장수로 가장해 섬배로 보내게 된다. 그러니까 6·25 전쟁이 일어나기 2년 전 가을이다. 그래서든 섬배미 김경수 부친, 김영기 부친, 김상돈 부친, 최병열 부친 이렇게 네 명은 가짜 경찰관임을 금방 알아차리고 엿장수를 죽이고, 경찰관 시신을 고모 집 헛간에 묻는다.

그 사실을 정부는 다음날에서야 알게 되고, 순찰 경찰관을 죽인 네 명을 강가로 끌고 가 동네 사람들이 보는 앞에서 살해한다. (나도 봤다) 그러나 정부는 네 명을 죽인 것으로 끝내지 않았다. 그러니까, 네 친구이기도 한 박병호에게 죽임을 당한 고모는 경찰들로부터 죽을 만큼의 고문을 당하게 된다. 그러나 고모에게 죄를 캐물어봤자 소득이 없겠다는 걸 알았는지 고모는 곧 풀려나게 된다. 그러기는 했으나, 경찰들로부터 고문당한 상처는 너무도 심해 고모는 돌팔이 의원 정도도 못 된 포천병원에 입원하게 된다.

고모가 경찰들로부터 심한 고문까지 당했다는 소식을 전해 들은 할머니는 그동안 집안은 돌보지도 않고 반란군으로만 활동하다 죽었는지 아니면 월북했는지 소식조차 모르고 친정집에만 머물러 지내는 넷째 고모와 맏손자인 나를 보게 된다. 그러니까 장정들 걸음으로도 두 시간 거리인 포천병원으로 와서 말이다.

　그런데 고모가 당한 고문이 얼마나 심했는지 두들겨 맞은 상처는 생각하기도 싫을 만큼 살점이 떨어져 나가 있었다. (나는 봤다) 그러나 고모는 삼십 대 중반 나이라서 고문 상처가 오래가지 않아 퇴원할 수 있었다. 그런데 궁금한 건, 왜 사랑하는 자식들을 딸려 보내지 않고 조카인 나를 딸려 보내셨을까. 아무튼 고모는 그렇게 퇴원은 했으나, 올망졸망한 아이들을 보니 남편도 없이 애들을 건사하기는 너무도 벅차다 싶었는지 바깥을 내다보더니 그리도 운다. 그렇게 울기는 남편도 없이 살아갈 일을 생각하면 울 만도 하겠지만, 아무튼 그랬다.

작은집 송아지

붉은 세력들 소탕은 마무리가 된 것 같았으나, 아직일 수도 있다는 경찰들의 심리 때문인지 집에 묶어 둔 소들을 눈 섬으로 끌고 오라는 명령이 떨어졌다. 그런 명령을 나뿐만 아니라 누구든 거절할 수가 없어 나는 작은아버지의 송아지를 끌고 다녀야만 했다.

그런데 문제는 통제 수단인 코뚜레도 없는 어린 송아지다. 그런 송아지는 어른들이 끌어다 주는 게 맞겠지만 그렇게 해 주지 않았고, 맨날 갇혀만 있어야만 할 송아지는 밖에 나오게 돼 좋아라 뛰어다닌다. 그런 송아지를 아홉 살짜리인 내가 끌고 다니기에는 너무나도 벅차 울기도 했던 어느 날, 송아지를 눈 섬에서 사시는 이모할머니 집에다 매 놓고 그냥 자 버린다.

송아지를 보여 주고 이모할머니 집에서 자겠다는 말도 없이 그냥 자 버린 것이 결국은 죄가 되었는지 다음날에서는 경찰이 나만한 아이를 데려와 서로 뺨 때리기를 시킨다.

그러나 서로 뺨 때리는 걸 흉내만 냈다. 그것을 본 경찰은 그렇게 말고 세게 때리라면서 얼굴이 돌아갈 정도로 뺨을 때린다.

그래서 다음부터는 빠지지 않고 송아지를 열심히 끌고 다녔다. 그러기를 두 달 정도 지났을 것이다. 그러나 경찰이 시키는 데로 어쩔 수 없이 서로의 뺨 때리기에 응할 수밖에 없었던 당시 어린이는 이젠 한참 노인일 것이다. 건강은 어떠실지 모르겠다.

유치장에 감금되신 할머니

　삶을 살아가다 보면 뜻하지 않은 일도 얼마든지 일어날 수 있으나, 농주용 누룩 때문에 할머니가 유치장에 감금되는 건 너무 심하지 않은가. 그렇지만 할머니는 유치장에 감금되신 바람에 나는 선병관(7세)과 함께 경찰서로 간다. 그런데 할머니가 계실 영광경찰서까지는 거리가 사십 리까지나 되는 먼 거리이기에, 가다가 배고프면 먹으로고 귀하지도 않은 고구마 정도는 주시지 그냥 보내셨다.

　아무튼, 할머니가 계실 영광경찰서까지 얼마 남지 않은 거리에서 징용을 마치고 돌아오시는 막내 고모부를 만나게 된다. 그래서 할머니 얘기를 말씀드리니, 면회하고 가라면서 용돈을 주신다. 주시는 용돈은 그동안 징용에 가서 받게 된 돈일 테지만. 어쨌든 할머니가 계실 영광경찰서 유치장 안을 들여다보니 감금된 사람은 오로지 우리 할머니와 선병관네 어머니뿐이다. 할머니와 선병관네 어머니는 우리를 보시더니 어쩔 줄 몰라 하신다. 그래서 경찰서 유치장에 감금되신 것만 보고 나는 학교도 아직 들어가지 않은 선병관을 데리고 영광군청년회장 주판길 씨 사무실로 가게 된다. 주판길 씨 사무실은 2층이다.

그 이상의 기억은 없으나, 주판길 씨는 너희들이 무슨 일이냐고 물었을 테지만 영광경찰서 유치장에 갇혀 계시던 우리 할머니와 선병관네 어머니는 곧 풀려나시게 된다. 우리 할머니와 선병관네 어머니가 금방 풀려나시기까지는 영광군 청년회장인 주판길 씨 덕이 클 것이다.

생조기와 벼 반 가마

설 명절은 조상님들의 밥상도 정성껏 올려 드려 하는 날이다. 그렇기에 장손 며느리들이 조상들 상에 반드시 올려 드려 하는 게 조기다. 그것도 마른 조기가 아니라 생 조기여야 해서 어머니는 장장 세 시간이나 걸리는 읍 시장에 가서야만 한다. 그러나 읍 시장에 가서야 할 돈이 없음을 잘 아시는 아버지는 누구로부터 빌리셨는지 벼 반 가마를 짊어지고 오신다. 그러니까 시간적으로는 하루 해가 두 시간 정도밖에 남지 않은 때에 말이다. 아무튼 벼 반 가마니이기는 하나 어찌저찌 돈을 만들었고, 어머니는 사십 리나 되는 읍 시장까지 가서서 생조기 두 마리를 사 오셨고, 그런 조기를 맛깔나게 밤새도록 만드셨는지 조상님들 상에 올리신다.

그래서 이제야 든 생각이지만 어머니가 고생이 많으실 때 열한 살이나 된 나는 친구들과 무슨 놀이만 하고 있었을까. 가난 때문에 너무나도 힘들어하신 어머니를 말동무처럼 따라는 안 가고 말이다, 아무튼 당시 어머니들의 삶을 보면 엉터리였다. 지금 같으면야 가진 식량 몇 개월 치는 되겠다 했겠으나, 당시는 있으면 먹고, 없으면 굶는 식인, 그러니까 쌀독에 쌀이 하나도 없어야 쌀이 떨어졌다고 말하는 삶들을 사신 것이다.

그렇게 말하는 나도 엉터리였다. 우리 집 부엌 구조가 겨울이면 방이 따뜻할 수가 없음을 잘 알면서도 겨울이라서 그러려니 했기 때문이었다. 그러기를 시집간 고모들 때부터이지만, 부엌 뒤편에 임시 문이든 달면 될 가지고 그런 생각도 없이 살았다.

왕골 돗자리 판매

6·25 전쟁 발발 당시의 가난은 굶어 죽지만 아니었을 뿐일 때, 모두가 가난만 해서 이승만 얼굴이 새겨진 돈 얼굴조차 보기 어려웠을 때, 우리 집에서 아버지는 장에 내다 팔아 돈을 만들 수 있는 왕골 돗자리를 열심히 만들게 된다. 그런 왕골 돗자리 만들어 본 사람들이나 알까. 왕골 돗자리 하나 만들기까지의 수고는 이만저만이 아니었다.

아무튼 그런 왕골 돗자리를 아버지와 어머니는 다섯 장이나 만들었으면 장터에 내다 팔아야 돈이 될 건데, 그렇지도 못하고 멀리 사시는 고모부더러 팔아 달라고 하라면서 내게(열한 살) 돗자리를 걸머지게 하시지 않는가. 그래서 아무 말도 못 하고 짊어졌고, 고모부 집에 찾아가 말씀드리니 돗자리 팔 줄 모른다고 딱 잘라 말씀하시기에 하는 수 없이 나는 다시 돗자리를 다시 짊어지고 포천장터로 가게 된다.

그러나 돗자리 사겠다는 사람이 한 명도 나타나질 않아 걱정일 때, 아버지 연세로 보이는 아저씨가 다가와 본인 돗자리 팔 듯이 괜찮게 팔아 준다. 그래서 그 아저씨가 얼마나 감사했는지 모른다.

그런데 나이 이십 대 중반쯤으로 보이는 아줌마가 인절미를 팔려고 손님을 기다리는데, 그것을 본 청년들은 (네 명) 인절미값 묻지도 않고 집어먹기 시작해 인절미 반을 먹어 치운다. 그러더니 나는 인절미를 친구가 사 주는 줄 알고 먹기만 했을 뿐이라는 듯 청년들 모두 슬금슬금들 가 버리고 만다. 그러나 인절미 장사 아줌마는 인절미값도 안 치르고 가 버리면 나는 어떻게 하라는 거냐고 말도 못 하고 그냥 울기만 한다. 그것을 본 나는 인절미값도 안 치르고 슬금슬금 그냥 가 버린 청년들이 미웠다.

　인절미값도 안 치르고 슬금슬금 가 버린 청년들이 미웠으면 아줌마를 위로하는 차원에서라도 돗자리 판 돈으로 인절미를 사 먹을 수 있었는데도 울기만 하는 인절미 장사 아줌마를 안타까워만 했을까 싶다. 그래서 이제야 생각이지만, 그 사실을 본 나는 돗자리 판 돈도 있으니 울고만 있는 아줌마를 도울 겸 인절미 몇 개 정도는 사 먹을 만도 한데, 인절미를 한 개도 안 사 먹었다. 그렇게 하기에는 돗자리를 판 돈이라 너무나도 아깝다는 생각에 인절미 단 몇 개도 안 사 먹고 배를 쫄쫄 굶은 채 귀가했다.

　아무튼 당시의 청년들은 미안한 맘으로 살아갈 테고, 인절미값 못 받게 돼 울기만 했던 아줌마는 후손들로부터 효도받으며 건강하실 것으로 믿는다.

공사판 바지게

한 동네 고모부 일가족이 붉은 완장들에 의해 살해되고, 나는 6·25 전쟁을 겪으면서도 송흥국민학교는 졸업까지 했으나 상급학교인 중학교는 언감생심이었다. 그러니까 언감생심이란, 중학교는 시대적으로 돈 있는 집 자식들이나 다닐 수 있었기 때문이다. 그래서 지금까지도 잊을 수 없는 기억은 졸업식이지만, 졸업식이 아니었다. 그러니까 "선생님은 철부지인 우리들을 가르치시느라 많이도 애쓰셨습니다. 감사합니다. 안녕히 계십시오." 이런 말을 해야 할 졸업식이지만 김득성 학생이 졸업식 원고를 낭독할 땐 졸업식장은 아예 울음바다였다. 그런 울음바다 졸업식 이후로는 생활 형편에 따라 머슴살이 아니면 나뭇지게나 짊어지고 살아야 할 처지들로 내몰리게 됐다는 이유다.

아무튼 동네 대다수가 가난을 면치 못했던 시절이지만, 우리 집 생활 형편도 돈 걱정은 그만두더라도 해마다 보릿고개를 넘지 못할 정도로 가난만 했다. 그렇지만 나는, 그래서만은 아니나 다행스럽게 지방을 쓸 줄도 알고, 접을 줄도 알았다. 알기까지는 초등학교를 졸업하고 다음 해에 염산교회에서 성경구락부를 개설했으나, 한 해도 못 가서 문을 닫게 된다. 그 때문이라고 해야겠지만, 나는 훈장이신 집안 어른으로부터 한문 개인 교습을 받게 된 덕분이기는 하나, 한문 공부는 별 관심이 없기도 했지만 우리 집 작은방이 서당인데도 나는 돈을 벌어야만 해서 바지게를 짊어지고 공사장으로 가게 된다. (공사장이란 북한에서 피난 온 사람들도 먹고살라는 취지의 정부 정책) 그러니까 나이로는 아직 소년인 열여섯 살 때다.

공사장 일이란 흙을 바지게에다 져 나르는 단순 일이기는 해도 임금 계산법은 흙을 파낸 면적으로 계산된다. 그런데 공사장 감독이 같은 최 씨라는데, 부정인지 공사장 대표는 다가와 최영만 네 나이가 지금 몇 살이냐고 묻지 않는가. 그래서 내가 저지른 잘못이 아니기는 해도 부정을 저지르게 된 최 씨는 얼마나 곤혹스러워했을까 싶어 미안하기도 했다. 물론 그런 부정으로 힘들어한 것까지는 아니었을 테지만 말이다.

어떻든 피난민 최 씨는 공사장 감독으로 엄격을 준수하는 건 당연할 것이나, 그것을 어긴 피난민 최 씨는 아버지를 어떻게 아셨는지 몰라도 아버지와 정담도 나누시기도 했다. 피난민 최 씨가 우리 아버지 만나신 건 6·25 전쟁 때문인데, 그때 친인척까지도 두고 온 탓에 그들이 너무나도 그리워 공사장 감독으로서 내가 비록 열여섯 살밖에 안 된 어린이이기는 해도 일을 장정들처럼 한 걸로 해 주고 싶어서였을 것이다. 그러니까, 인지상정 말이다.

머슴살이

힘든 염전 생활이기는 해도 그동안은 직장인 줄 알고 열심히도 근무했는데, 전매청은 소금 과잉 생산이라는 이유를 들어 한 해 동안 소금 생산을 중단시킨 바람에 그동안의 일자리가 없어졌다. 그것을 알게 된 건넛마을 이정신 씨는 찾아와 머슴살이를 권한다. 싫지만 다른 방법이 없어 나는 그러겠다고 했고, 일 년 새경(연봉)으로 벼 한 가마니를 받기로 했다.

그래서 머슴살이가 흥일 수는 없겠으나, 그래도 우리 집 형편은 말이 아니라, 그러니까, 논은 없고 가치 없는 밭만 3백 평 정도라 동네에서도 걱정할 만큼 가난해서 머슴살이로 나서게 됐지만, 주인이 시키는 일만 해야만 하는 머슴뿐이기에 인간적인 대접은 딱 거기까지만이었다. 그러니까 벼가 많이 자란 어느 날, 저녁밥 먹은 후 주인이 불러 앉혀 놓고 하시는 말씀이 "일을 야무지게 못 해서는 안 된다."라는 설교다. 설교 같은 꾸지람은 논두렁을 깨끗이 깎아야겠다는 데 열중만 할 뿐, 풀 한 짐도 못 되게 밴 이유였다. (머슴살이에서 가장 힘든 건 해야 할 일이 힘든 게 아니라 일을 시키지 않는 것이다)

　그래요, 농땡이 피울 생각은 아니었으나 잘못은 잘못이네요. 그러니까, 주인님 수족뿐일 수도 있는 머슴으로서 무슨 변명을 하겠습니까마는, 내가 비록 머슴이기는 해도 그 정도를 가지고 앞으로 그렇게 살아서는 희망이 없다는 식의 설교까지는 자존심을 건드리는 일이네요. 대들고 싶은 맘이 들기도 했다. 그러나 일하기 좋은 때도 없지는 않았다. 논에 수(水) 자로 물 퍼올리는 일을 할 때는 맛난 간식도 주곤 했기 때문이다.

　그러니까, 간식을 가져다주는 아가씨는 스물한 살인 나보다 한 살 아래쯤일 것으로 보이고, 주인아줌마의 친정 조카다. 그러나 예쁘다는 생각은 한 번도 안 했다. 물론 그 아가씨도 말 걸기 쑥스러워 그랬는지는 몰라도 고생한다는 말도 없이 간식만 가져다주곤 했지만.

아버지의 위중한 병세

나는 주인집 가을걷이인 타작까지 끝날 즈음, 아버지는 급하게 입원하셔야 할 만큼 병세가 위중하신 것이다. 그래서 작은아버지는 아버지를 업고 포천병원으로 갈 버스를 타려고 힘들게 눈 섬으로 내달리신다. 작은아버지는 형님이신 아버지를 힘들게 업을 게 아니라 아버지를 지게에 짊어지시면 힘이 덜 들 게 아닌가 했다. 그러나 작은아버지는 그게 아니라는 듯 형님이신 아버지를 업고 눈 섬으로 내달리신다. 그러니까 세상 경험이 턱없이 부족한 내 생각대로라면 작은아버지가 형님이신 아버지를 지게에 짊어지시면 아버지를 다른 사람이 볼 땐 병세 때문에 병원에 가시는 게 아니라 당연히 송장으로 보일 것이기에 업은 것이다.

아무튼 아버지는 새경 벼 한 가마값으로 병이 곧 나으셔서 다다음 날 퇴원하셨다. 그러니까 아버지 병은 수술이 아니라, 어떤 신통한 약으로 간단하게 나으신 것이다. 그렇지만 아버지는 아들의 일 년치 새경을 내 병 치료비로 써 버려 여간 미안해하시는 같아 나는 '그건 아니에요. 새경 벼 한 가마값만으로 아버지 병이 나으셨어요.' 했다. 물론 마음속으로 말했지만.

그런 생각을 한 이유는, 아들로서도 그렇고 부자가 보기엔 천할 수도 있는 머슴살이로 받은 새경이기는 해도, 새경은 어차피 가족을 위한 쓰일 것이기 때문이다. 비록 머슴살이이기는 해도 일할 수 있다는 것만으로도 복 아닌가.

염전에서

그동안 염 부장으로 수고하셨던 전기선 씨 안녕하세요. 지금은 높으신 연세 때문에 안 계실지 몰라도 북한에 두고 온 고향 얼마나 그리워했소. 오가지는 못해도 고향 소식만이라도 들으면 좋겠으나 그런 간단한 문제조차도 허락하지 않으려 꽉 막혀 버린 삼팔선의 휴전선. 그래서, 세월은 멈춤도 없이 가 버렸고 저도 아쉽지만 이젠 노인이 되어 버렸네요.

그러나 저는 여러 권의 책까지 냈습니다. 책을 내기까지는 전기선 부장님 덕이라 아니할 수 없는데, 당시를 생각해 보면 염 부장님과 저는 염산 5일 장이 설 때마다 책 두 권씩 빌려다 봤었네요. 그러니까 책을 하루에 한 권씩 본 셈이지요. 물론 지식 수준을 높일 그런 책은 아니어도요. 그래서 든 사실이 아니라 실망은 했으나 누구는 이름이 전봉일이라고 해서 염 부장님 자제분 이름일 것 같아 아버지 성함이 혹 전기선 씨 아니냐고 묻기도 했어요. 물론 전화로요. 그런데 부장님은, 너무 과한 술로 인하기는 했으나, 순하기만 했던 아주머니한테 손찌검을 그리도 했었네요.

　그래서 세월은 멈춤도 없이 가 버렸으나 부장님의 아이들인 전봉일, 전순옥, 전순희라는 이름은 기억해요. 막내아들 이름은 기억 못해도요.

　그리고 여름 어느 날엔 비가 너무도 많이 내려 봉덕 저수지 둑이 무너질지도 모르니 당장 대피하라고 해서, 어두운 밤이기는 해도 염 부장님 딸 전순옥을 제가 업고 대동염전 사장인 김형호 씨 집으로 가기 위해 대보 둑을 거닐다 미끄러져 낭떠러지로 굴렀어요. 느닷없이 굴러 떨어지니 등에 업힌 순옥이는 너무도 놀라 울기도 했어요. 그랬던 순옥이도 이젠 손주도 두었을 테지만, 당시를 얘기하면 기억할지 모르겠네요. 그래요. 잘살고 있다는 소식만이라도 듣고 싶네요.

광주 상무대에서

어찌 된 셈인지 포병학교 학생 43명 중 42명이 경상북도 출신이고, 전라도 출신은 나 혼자뿐이었다. 그래서든 당당하지 못한 상황에서 같은 모포를 덮어야 할 교육생이 찐짜를 자꾸 놓기 시작한다. 그것은 덩치로야 나보다 약한 편이나 기가 이미 꺾인 상태라 찐짜 놓는 교육생과 마장 설 수는 없었다. 그것은 교육생 모두가 내 편이 아닌 경상북도 출신들이기 때문이다.

아무튼, 아니기에 다행이라 하겠으나, 던진 총이 부러지기라도 했으면 논밭을 팔아서라도 배상해야만 할 국가 재산이기도 한 그런 M1 소총의 총구를 청소하다 말고 건너편 교육생에게 내던지기까지 내무반 분위기는 살벌했다. 그렇게 살벌한 내무반 분위기였기에 나는 전라도 출신임을 확실하게 보여 준 셈이었다.

전라도 광주 포병학교 교육생들과 찍은 사진이 있는데, 누가 누군지는 모르겠으나 한 내무반 교육생으로서 그대는 경상도 출신이고, 나

는 전라도 출신이고 말이오. 어떻든 그대도 이젠 노년일 수밖에 없겠
지만 건강이나 하시오.

월남 전선에서 날아든 군사 우편

　나는 어느 날 전혀 뜻하지 않게 군사 우편도 받게 된다. 그러니까, 포병학교에서 임시로 봤던 안승신 병사가 월남에서 찍은 사진까지 보내 준 것이다. 안승신은 광주 상무대 포병학교에서 통신병으로서 7주간 봤던 교육생이었기에 헤어지면 그만이라는 생각에 고향이 어디냐고 묻지도 않았으나, 이름만은 기억한다. 아무튼 기억나는 게 이름만이라고 해도, 휴일이라 어정쩡하게나마 쉬고 있는데, 면회 왔다는 소식을 듣게 된다. 그 말을 듣고 면회할 사람이 없을 건데 면회라고 해서 면회실에 가 보니 늘 만나던 안승신 교육생이 서 있는 게 아닌가. 안승신 양친이 군대에 간 아들을 보기 위해 결코 쉽게 먹을 수 없는 삶은 낙지며 이런저런 것을 많이도 가지고 오셔서, 안승신은 나를 부른 것이다.

　그래서 맛나게 먹었다는 인사만으로 그만이었다. 그래서 안승신은 통신병 교육생이고, 나는 포병 교육생이다. 그렇기는 해도 날마다 만났다. 물론 안승신 교육생이 늘 찾아와서이지만 말이다. 그런데 안승신도 나처럼 전라도 출신이기는 한데, 전라도 어느 군 출신이었을까. 어떻든 궁금한 건 월남 파병 중인 안승신은 내가 근무하는 군부대를 어떻게 알아 내 사진까지 보냈는지이다. 군 비밀 특성상 신변을 노출할 수는 없음에도 말이다. 물론 일반병사까지는 아닐지라도 월남에서 찍은 사진까지라니. 아무튼 그때의 사진이 어디서 소실됐는지 없어져 버려 미안하다.

그런데 부평 상이군경사무실에 와 있던 분이 컴퓨터를 켜더니 안승신이라는 사람이 서울보훈청에 있나 본데, 그러면서 서울보훈청에 알아보라는 게 아닌가. 그래서 반가운 맘에 곧 달려가 보훈청이기는 하나, 안내자도 없이 혼자뿐인 여직원에게 말하니 그 여직원은 바쁘다는 태도를 보이면서도 찾아온 손님이라 어쩔 수 없다는 듯 안승신에게 전화를 건다. 그러나 안승신은 대답이 없자, 나는 "안승신이가 많이 다친 거요?" 하고 묻지 말아야 할 것을 물었다. 안승신이 보훈대상자면 치열한 전투 상황 속 통신병이라 전사하지 않은 것만으로도 다행이라는 생각만 하고, 달려갔던 길을 뒤돌아서고 말았다.

아무튼 안승신 그대는 비록 상이자이기는 해도 나를 그리도 좋아했던 마음씨로 괜찮다 싶은 여자 만나 자식도 많이 두었고, 귀여운 손주들도 두었을 것으로 믿어, 웃으며 사셨으면 합니다.

광주 상무대에서 그대를 교육생으로 만났던 최영만.

고약했던 병영 생활

졸병은 분대장 부하를 넘어 노예 정도라 할까. 그러니까 상급병 팬티까지 빨아 말려 곱게 바치는 것까지 해야 한다. 그게 군대라는 걸 인정하고 군말 없이 이행은 하나, 문제는 빨아 말리는 과정에서 세탁물이 없어지는 것이다. 그러니까, 병사들끼리 도둑질을 한다는 말이다. 그 이유는 군 당국이 군수품이 그대로 인지 검열을 수시로 했기 때문이라 하겠다. 그러니까 군보급품이 턱없이 부족한 상황에서 병사들끼리 팬티까지도 도둑질을 하게 됐다. 검열만 아니면 도둑질만은 없었을 것이다. 그 때문이라고 해야겠지만, 숟가락도 도둑맞을지 몰라 분대 전원이 숟가락을 각자 주머니에 담고 다녔다. 거짓말 같으나 식기조차 도둑을 맞는다. 그 상황은 제대할 때까지 이어진다. 그러니까 나는 겨울용 잠바도 도둑맞은 것이다.

아무튼 나는 신병이 들어오기 전까지는 분대장을 상전처럼 모셔야 할 졸병 입장이다. 그래서 찬물만 자주 쓰다 보니 손등이 얼어 터져 보기 흉해졌다. 그렇게 손등이 얼어 터진 상태로 분대장 밥을 타다 줬는데, 분대장은 얼어 터진 내 손등 보더니 더러워서 밥을 안 먹겠단다. 분대장이야 그럴지라도 슬프지도, 창피하지도 않았다. 다만 얼어 터진 손등만 불쌍할 뿐이다. 의무실은 있으나 안에는 그 무엇도 없어 군 트럭용 왁스를 연고로 바른 것이 약이 되어 얼어 터진 손등은 멀쩡할 정도로 곧 낫게 된 것이다.

그래서 나는 그동안의 졸병 신세를 면했을 뿐만 아니라 졸병이 타다 주는 밥을 먹게 될 위치로 진급하게 되었으나, 그동안 겪은 경험을 살려 졸병들을 힘들게는 하지 말자는 마음으로 식사 배식 줄에 서게 된다. 그것을 본 같은 계급병이 다가와 "너 지금 뭐 하는 짓이야!"라고 소리친다. 그러니까 자기들은 어떻게 하라는 거냐. 그렇지만 나는 "밥 많이 좀 타려고" 하고 둘러댄다. 그렇게 둘러대는 걸 그 상병이 어찌 모르겠는가. 일반적 생활로 보면 산전수전 다 겪었다고 볼 수도 있는 좌리 포대에선 상급병인데.

야간 훈련이면서 동시에 취침도 해야 할 야외에서 있었던 일이다. 야외 취침은 주변 감시 근무라 더 철저하다. 그런 상황이기도 해서 나는 상급병으로서 근무는 철저히 해야 해서 교대 근무자를 깨웠다. 김일병(이름은 잊었다)이 일어나는 것을 보고 순찰하고 돌아와 보니 다시 누워 있지 않은가. "일어나기 힘들겠지만 일어나 근무처로 가거라" 하고 말도 안 되는 사정까지 해서 그 일병을 근무처로 보낸다. 그러고서

십여 분 후쯤 순찰이다. 그런데 황무섭 하사와 신경언 하사가 잠자리에 자기 잠자리처럼 누워 있지 않은가. 성질상 다혈질이기도 하지만 이런 모습은 도저히 참을 수 없어 화가 머리끝까지 났다.

"야! 내가 너한테 사정까지 할 필요도 없는데 했다. 당장 엎드려! 빠따 열 대다!"

김 일병은 아니라고 말 못 하고 순순히 엎드린다. 빠따 막대기는 살점이 묻어날 수도 있는 생나무 막대다. 그런 막대기로 때릴 자세를 취한다. 때마침 술 한잔하러 마을로 내려갔던 돌아온 두 하사는 지금의 상황을 본다.

"야! 빠따 확실하게 쳐!"

황무섭 하사가 그리 말한다. 그러나 빠따를 확실하게 치라는 말이 없었다면 열 대를 쳤을 것이나, 두 대만으로 그만뒀다. 그렇기는 직위가 아무리 높아도 시켜서만은 아니라는 생각이 들어서다.

아무튼 다음 날 아침 식사 받고자 줄을 섰는데, 한참 뒤에 서 있던 김 일병이 다가와 "어제는 죄송했습니다." 하면서 머리를 조아린다. 빠따를 맞기는 했으나 본인 잘못이기도 하고, 빠따 열 대 맞아야 할 걸 두 대로 끝낸 것에 대한 고마움일 것이다. 그러니까 비록 하급병이기는 해도 멍청이가 아닌 이상 그걸 어찌 모르겠는가. 더구나 군대에 오기 전 사회에서는 태권도 사범이었다는데 말이다. (당시는 태권도가 아니라 중국 무술인 당수라고 했다)

2개월간은 그리도 지겨운 보초가 없는 GOP 근무도 해 봤다. 야간 보초는 보병들이 서 주기 때문이다. 그러나 부식 보급이 안 돼 반찬은 소금물로 3일을 대신했다. 그러는 동안 남방한계선 울타리용 나무를 베러 군사분계선까지 가 봤다. 물론 나는 울타리용 나무를 벨 작업병이 아니기에 군사분계선이 어떻게 생겼는지 궁금하기도 해서 구경하러 가서 보니, 군사적 위험 물질도 없고. 다만 군사분계선이라는 표시만 있었다. 그렇기에 월북이든 월남이든 누구든 맘만 먹으면 얼마든지 하겠다는 그런 생각이 들었다. 그렇기는 해도 6·25 전쟁 당시는 얼마나 치열했는지 M1 소총 탄통이 녹슬지 않고 그대로 있는 걸 발견했고, 수습도 했다.

나는 군인으로서 제목은 못 된다. 분대장을 하급 병에게 넘겨주라고 했으니 말이다. 그러나 곡사포탄이 시한신관 시간 장립은 그 어느 누구도 두려워 못 한다고 해서 꼭 나를 불렀다. 그리고 군대란 신속하고 정확한 게 중요하다는 점에서 나는 초능력을 발휘했다. 그러니까 삶에서 터득한 요령 말이다. 그러는 동안 대민지원자에 뽑혀 그동안 농사일로 다진 실력을 발휘하느라 몸이 말이 아닌 상태에서 야간 근무초소에 서자마자 잠이 곧장 몰려와 총은 초소 입구에 세워 놓고, 세상 모르게 퍼질러 잔다. 물론 눕지는 않았으나, 그것은 본 야간 사령관인 오 소위가 발로 툭툭 건드려 나를 깨우더니 따라오라고 한다. 그래서 나는 이제 죽었다 싶은 생각으로 따라가니 착검 총을 땅에다 꽂으면서 "가져가!" 한다. 문제는 내일이다. 부대 분위기상 군기라는 이유로 두들겨 맞는 건 일상이기 때문이다.

그런데 오 소위는 일직 사령관으로서 나의 근무 태도를 빗대어 말할 만도 한데, 그러기는커녕 본인 사비로 산 막걸리를 중대원 모두에게 한 병씩 돌린다. 그래서 군대는 나이 때문에 무시되기는 하지만, 오 소위는 동갑인데도 존경심을 느끼게 했다. 당시의 오 소위님도 이젠 하는 수 없이 노령이실 테지만 한번 보고 싶은 맘입니다. 그리고 내가 낸 책들을 통해 지난날의 추억을 더듬어 보셨으면 합니다.

야간 훈련에서의 사고

군 생활이란 그만큼의 혜택이 아니라 탈영하고 싶을 정도로 힘들다. 그 때문이라고 봐야겠지만, 위병소 근무자가 스스로 목숨을 끊는 사건까지 일어났다. 안타까운 일이지만 우리 좌리 포대는 야간 훈련이 계속된다. 그런 훈련 과정에서 내가 마주하게 된 사건으로, 그 얘기를 한다면 다음과 같다.

그러니까 중대장은, 6·25 전쟁 때처럼 전쟁이 일어날지도 모른다는 생각으로 임해야 함에도 포차 운전자 전부를 휴가 보내 버린 상태다. 그런 상태에서 우리 좌리 부대는 206부대장으로부터 야간 훈련 명령을 받는다. 그러나 포차를 끌 운전 병자가 부족해 하는 수 없이 운전 교육병이 운전대를 잡는다.

그래서든 좌리 포대가 보유한 다섯 문의 곡사포가 가을 추수를 끝내고 내년을 위해 밭갈이를 해 놓은 밭으로 들어간다. 밭 주인 허락도 없이, 그러니까, 군사 훈련 특성상 망가뜨린 농사 피해 배상은 훈련이 끝난 후에 계산이 되는, 이른바 후불제인 것이다. 아무튼 비는 군복이

젖을 만큼 조금씩 내린다. 해 지기 전부터 말이다. 그렇기도 하지만 늦가을 비라서 몹시도 추운 데다가 옆 병사가 누구인지 모를 정도로 깜깜하다. 야간 훈련이라 불빛도 없다. 달도 없다. 그러니까 깜깜 그 자체다. 그러다 드디어 훈련 철수 명령이 떨어졌다. 그래서 군 트럭 등 모든 군 차량은 웽웽거리고, 병사들은 철수 명령에 따라 바쁘게들 움직인다.

그런데 내 다리가 곡사포 고리와 후진 차량에 의해 잘려 나간다. 아~! 비명 소리다. 분대장인 신경언 하사는 내가 지른 비명에 놀라 "차 앞으로 빼~!" 하고 큰 소리를 지른다.

포차 운전자는 차를 앞으로 곧 뺀다. 그러나 나는 힘없이 쓰러지고 만다. 그러니까 큰 사고를 당한다. 그래서 나는 의무병들에 의해 본부대대 의무실로 실려 간다.

부대대장과 의무병 두 명이 병원으로 데리고 간다. 한참을 가더니 외상 치료가 가능한 야전병원으로 들어간다. 의사는 부상 상태를 살피더니 서울 메디컬센터로 가란다.

내 상태가 위급해서 그런지 자동차는 초고속으로 내달린다. 그리해도 비포장도로라 자동차는 심하게 흔들거린다. 두 위생병은 나를 안타까운 마음으로 붙든다.

내가 실린 차는 서울 메디컬센터 응급실로 들어간다. 그런데 내가 입원하게 될 거라고 연락이라도 된 듯 네 명의 의사가 나의 부상 상태를 살피더니 곧 전신 마취제 주사를 놓는다.

그러다 나는 마취가 풀려 눈을 떠 보니 수술한 다리는 높이 매달린 상태고, 두 팔은 움직이지 못하도록 침대에 묶여 있다. 그래서 내가 의무병에게 "나도 살려고 하니 양팔 풀어 줘요!" 그리 말하니, 의무병은 잠시 머뭇거리다 양팔에 묶인 끈을 풀어 준다.

풀어 준 때가 오전 11시쯤일 것이다. 그러니까 우리나라 국가 운영도 미국에서 보내 주는 원조로 운영이 되는 형편이라 그렇겠지만, 서울 메디컬센터는 대형 병원임에도 시간을 볼 벽 시계조차도 없었다.

수술 환자인 내게 주는 식사 메뉴는 매끼 죽이다. 그래서든 군부대에서 배고팠던 걸 생각하면 더 달라고 해야겠지만, 아무것도 먹을 수 없어 다시 가져가라고 말하니 경환자는 몸을 위해서 먹으라고 통 사정이다. 그러나 나는 이틀을 아무것도 안 먹고 굶는다. 그 사실을 알게 된 간호장교는 최영만 상병을 살려야 하니 너희들은 먹지 말라고 한다. 그러니까 특별식도 아니기는 하나, 눈물이 날 만큼이었다. 그리고 고등학교를 갓 졸업한 간호장교 보조원까지 나를 그리도 보호해 주었다. 그랬으나 수술을 받은 메디컬센터를 떠나 올 때 그동안 고마웠다는 인사도 못 한 게 많은 시간이 지난 지금까지도 미안하다. 군 보안상이기는 하나 간호사가 퇴근하고 없었기 때문이다.

죽음의 세상

나는 옆 침대 환자가 죽어 실려 나가는 모습을 보며 마음이 여간 안 좋았을 때, 의무병은 다가와 엉덩이에다 페니실린 주사를 놓는다. 주사약이 반쯤 들어갔을까 싶을 때, 내 머리가 땡해서 "나 이상해." 그렇게 말하고 곧 딴 세상으로 가게 된다. 그러니까 주사 쇼크로 죽게 된 것이다. 딴 세상이란, 내가 하얀 도포를 입고 고속도로는 내달리는 곳이었다. 내 의지로는 멈출 수도 없다. 내 몸이지만 바라만 봐야 하는 내 몸이다. 이런 상황에서 그동안 미운 사람이라도 있으면 덜 외로울 건데, 눈에 보이는 그 누구도 없다. 뿐만이 아니다. 풀 한 포기도, 물 한 방울도 없다. 사막에 사는 곤충도 없다. 한마디로 황망한 세상이다. 너무나도 외롭다. 달리는 속도는 이미 쏘아진 화살이다. 내 몸이 그렇기에 무엇인가에 부딪치면 뼛가루도, 몸속에 지닌 액체 한 방울도 찾을 수 없을 만큼의 절박함이 느껴진다.

그래서 이 일을 어찌해야만 하나, 정말 야단이다. 그런데 누구는 쥔 주먹을 펴라고 말하는 것 같다. 그러나 쥐고 있는 주먹을 펼 방법을 모르겠다. 절벽에 부딪기 바로 직전이다. '나도 모르겠다' 하는 순간 쏜 화살처럼 움직이던 내 몸은 그대로 멈추게 된다. 내 몸이 멈춰지게 된 시간은 아마 2-3초 정도일 것이다. 두 팔을 벌리고 날아가던 몸이 멈춰지더니, 이젠 다른 이상한 물체가 보이기 시작한다. 그러기를 1분 정도, 곧 담당 의사가 바로 옆에 서 있는 게 보인다. 그래서 담당 의사 소맷자락을 붙들고 나 죽기 싫으니 나 좀 살려 달라고 애원했다. 그것을 본 담당 의사는 고개를 끄덕인다. 지금의 상황을 부모님이 안 봐서 모르겠지만, 부모 형제가 너무도 보고 싶어 나도 모르게 눈물이 주르르 흐른다.

외과 의사가 열세 명이라는데, 모두가 나를 지켜보고 있었나 보다. 점심시간이기는 해도 모두는 나를 위해 서 있는 것이다. 그러니까 중환자실에는 보호자 포함 사십여 명이 죽어 가는 내 모습을 지켜본 것이다. 그들 중 치료받으려 입원 중인 아이의 보호자도 있지만 말이다. 그러니까 입원 중인 아이의 엄마는 맛난 반찬을 따로 만들어 주기도 했고. 치료받고 있는 아이를 보기 위해 찾아온 아이의 아빠는 내게 다가오더니, 아무에게도 발설해서는 안 될 국가기밀인 북한 동태를 파악하기 위해 삼팔선을 여러 차례 넘었다는 얘기도 해 준다. 물론 혼자만 알라는 귓속말이지만 말이다. 그렇기는 하다. 말해도 될 사람인지 한눈에 보였기 때문일 것이다. 고도의 훈련으로든 국가정보원의 눈초리는 일반 눈초리와 같을 수는 없겠지만 말이다.

내 다리 수술은 의사들에게 공부

나는 의사들의 의료 시험 대상 환자다. 그동안 누구도 시도해 보지 못한 동맥 연결 수술을 해야 했던 것이다. 그러니까 나의 부상은 동맥이 끊어진 게 아니라 아예 으깨졌다. 그렇기 때문에 멀쩡했던 다리 절단일 수밖에 없었으니 과장 의사는 인공 동맥이라도 이어 주는 수술을 하자고 했다. 그렇기에 외과 의사들은 팀까지 만들어 병원장 결재까지 받아 냈다. 그렇게 생각한 이유는 차량이라고는 단 한 대뿐인 병원장 차까지 늘 대기시켜 뒀던 걸 보면 알 수 있다. 어떻게든 수술이 세 번 만에 성공했나 싶을 때 일반 병실로 옮겨진다. 엉덩이가 근질근질해 손을 넣어 본다. 수술 실패다. 몸속 혈액이 다 빠질 위기다. 그러니까, 새벽 한 시쯤일 것이다. 그렇기는 하나, 젊다는 이유에서인지 정신만은 흐릿하지 않았다. 다행이라면 다행이다 싶을 때 환자용 들것에 의해 곧 수술대로 옮겨진다. (시대적 상황이기는 하나 승강기도 없다) 다섯 명이었을까 싶은 의사들은 어쩔 줄 몰라 하면서 혈액 투입을 한다. 그것도 물수건 짜듯 하더니 마취용 마스크를 씌워 준다. 그러나 마취용 마스크로는 효과가 없어 나는 마취 주사를 놓아 달라고 말한다. 마취 주사액이 들어가더니 곧 평온해진다. 평온함만 느낄 뿐, 그 이상은 모른다.

그래서는 깨어나 보니 팔에 링거 주사기가 아니라 아예 링거 호수가 혈관 속에 끼워져 있다. 그러니까 인공 혈관으로는 불가능함을 알게 된 과장 의사는 내 옆구리 혈관을 떼어 연결했다.

그것도 동맥혈관이 아니라 가느다란 정맥혈관으로 말이다. 과장 의사가 마음먹고 시도한 혈관 이식 수술이 국내에선 최초로 성공했고, 그래서인지 다른 대형 병원에서는 사진까지 찍어 간다.

아무튼 나는 대퇴부 혈관 이식 수술을 네 차례나 했다. 그것도 매번 한밤중이다. 혈관 이식 수술을 네 차례나 하는 동안 몸속으로 들어간 혈액은 얼마나 많이 필요했을까? 짐작이기는 하나 수술 환자로서는 내가 처음이요 마지막은 아닐까 싶다.

"최영만 상병, 너는 메디컬센터 기간병들의 혈액을 맞은 거야. 그런 줄 알아라!"

담당 의사는 그리 말한다. 담당 의사의 말을 옆에서 듣고 있던 위생병은 내게 말하길, 메디컬센터 기간병들 혈액을 얻기 위해 휴가까지 다녀왔다는 것이다. 그러니까 위생병 말은, 최영만 상병 환자 수술을 위해 뺀 혈액이 있으니 집에 가서 혈액을 보충하고 오라는 그런 휴가인 것이다. 그래서든 서울 메디컬센터는 나를 위해 기간병들 혈액까지

빼서 준 것을 어찌 잊으랴.

　아무튼 나의 대퇴부 동맥 수술은 의사들 실험 대상으로 하게 되는 수술이다. 그렇기에 실패를 전제로 하는 수술이다. 그래서 두 번째 수술이기도 하고, 성공률은 매우 낮다는 생각에서 하는 말이겠지만, 담당 의사는 최 상병 다리를 절단할 수밖에 없겠다는 청천벽력 같은 말을 나는 듣게 된다. 물론 의사들은 내가 듣지 못할 거라는 좀 떨어진 곳에서. 그러나 다리만 아플 뿐이지 귀는 열려 있어 다리 절단이라는 말을 듣고는 "만약 내 다리 절단하면 자살해 버릴 거요~!" 하고 병실 사람들 다 들을 큰소리로 "자살해 버릴 거요!"라고 소리를 지른다. 내 말에 두 의사는 놀랐는지 그게 아니라고 달랜다.

죽은 병사의 모포

어떻든 다리 수술 문제로 매우 어려운 상황에 놓여 있던 날, 어느덧 성탄절이다. 밖에는 함박눈이 펑펑 쏟아진다. 따뜻해야 할 병실이기는 해도 냉난방 시설이 안 되어 있으니 발가벗겨진 몸이 말도 안 되게 춥다. 그래서 위생에게 너무도 춥다고 말했더니 방금 죽어 나간 병사 모포를 씌워 준다. 그것도 모포로 탄생하고 단 한 방울의 물맛도 못 봤을 뻣뻣한 모포다. 그래서 기분이 좀 묘했으나, 추운 것보다야 낫겠다 싶었다.

어머니가 드디어 오시다

어머니가 오신 건 병원 측에서 보낸 부상 소식 때문이겠지만, 어머니는 밖에서부터 우시면서 오신다. 그러니까 입원 후 1개월이 다 된 후에야 오신 것이다. 그래서 정문 근무자에게 최영만 환자 엄마라고 말하니 근무자들은 왜 이제 오셨냐고 야단이더란다.

그러니까 어머니 말씀으로는 입원 소식을 듣기는 했으나, 눈이 너무 많이도 내려 자동차가 다니질 않아 한참 늦은, 입원하고 한 달 후에서야 오신 것이다.

그러나 정문 근무자들이 어머니에게 야단을 치는 이유는 수술을 네 차례나 받은 상태고, 거기다 기간병들을 깨워 헌혈하게 했기 때문이다. 그것도 매번 수술을 한밤중에 했으니. 그렇게 보면 나는 입원 환자들 가운데 특별 대접까지 받게 된 환자였다. 그래서 서울 메디컬센터 병원은 단 한 명의 환자를 위해 임시 간호사까지 둔 내게는 대단한 병원이었다.

수술을 집도한 과장님께 감사

처음부터 수술을 집도하신 과장님은 나를 또 수술대 위에 눕힌다. 그러니까 다섯 번째 눕히는 것이다. 본인 옆구리 정맥을 떼다 동맥처럼 심었으니 정상적 동맥이 된 건지 확인해 보자는 것이지만, 수술 과장은 의료용 메스로 수술 부위를 직접 자른다. 여간 아프다. 마취도 없이 자르기 때문이다. 보조 의사들은 아파하는 내 표정을 살핀다. 혈액 투입 주사도 수분뿐인 주사도 없다. 링거 호수를 심어 놓은 동맥에다 집어넣는다. 하얀 약물 투입이다. 하얀 약물 투입 2분여 만에 제거된다.

"그래도 최 상병 네 다리여야 하겠지!"

수술해 주신 과장님은 미소를 짓는다. 그러니까 본래의 다리까지는 못 돼도, 세상 살아가는 데 큰 지장은 없을 거라는 뜻의 미소일 것이다. 수술을 집도한 과장님이 시도한 동맥 연결 성공은 의료계에도 발전일 테니까.

그래서 안타깝지만 절단할 수밖에 없을 것 같다는 담당 의사 말에 환자인 나는 너무나도 놀라 만약 절단하면 죽어 버리겠다고 했다. 그 때문은 아닐 것이나, 그저 의사라는 본분을 유감없이 발휘하고자 하셨을 테지만, 과장님은 절단할 수밖에 없었던 한 병사의 다리를 살리기 위해 얼마나 많은 애를 쓰셨습니까. 그러신 점 생각해서라도 저는 앞으로 잘 살게요. 아니, 지금은 어디다 내놔도 자랑스럽기만 한 손주들도 두고 맛나게 살아갑니다.

대전병원에서의 변 하사

새벽에 출발한 대전 육군병원행 열차는 2층 침대 열차로, 어머니와
함께다.

"어머니, 여기가 어딘 줄 아세요?"

"여기가 어디야?"

"여기가 한강이어요."

나는 이젠 다 낳았다고 해도 될 경환자다. 그러나 대전 육군병원에
도착하니 경환자들이 나를 업기까지 하는 게 아닌가. 대전 육군병원
시설은 너무도 열악해 병원이라기보다 환자들 수용소라고 해야 할 것
같다. 그러니까 의사는 그만두더라도, 사실상 위생병조차도 없어서다.
뿐만 아니라 화장실도 없다. 물론 화장실은 있겠으나, 멀리 떨어진 곳
에 있기도 하고 화장실에 가려면 누군가의 도움이 있어야만 한다. 그
러니까 중환자나 다름이 없기 때문이다. 그래서 화장실 걱정이 이만저
만이 아니다 싶을 때, 하사 계급장을 단 병사가 다가와 화장실 문제는
내가 해결해 줄 테니 그런 걱정은 말라고 한다. 변 하사다. 변 하사는

군대 용어로 콩나물국 많이 먹은 하사가 아니라 하사 교육장에서 데 려온 신출내기 하사다.

그러니까 변 하사는 미안하게 이름도, 어디 출신인지조차도 모르나, 화장실 문제 처리뿐만 아니라 얘기 동무까지 돼 주었다. 당시 기억으 로는 계절이 추운 겨울이라 추운 것은 인정한다 해도, 유난히도 춥던 날, 그러니까 김신조 사건 보도가 있던 날 지저분한 나의 대변을 버리 고 오는 변 하사의 얼굴은 꼭 춥다는 게 아니라 당연하다는 표정이 아 닌가. 그런 변 하사의 모습을 보고 나는 미안하기도 했고, 감사하기도 했다. 그래서 변 하사님께 그동안 감사했다는 인사를 이렇게나마 드립 니다. 그래요, 변 하사님도 저도 앞으로 내달리기만 하는 세월 때문에 하는 수 없이 노령이 됐지만 우연으로든 한번 만나 보고 싶습니다.

대전에서의 어머니

어머니가 대전병원에서 며칠이나 계셨는지 기억은 없으나 먹고 싶은 게 있으면 사 먹으라고 돈을 내놓으신다. 그러니까, 벼 한 가마값인가 싶다.

"그걸 다 주시면 어떻게 해요?"

"아니야, 그런 걱정 안 해도 된다. 집에 갈 차비는 있다."

차비는 있다는 어머니 말씀에 울컥했다. 울컥한 이유는 수술이 잘돼 다리가 매달려 있기는 하나, 아무 일도 못 하는 장애인으로만 살아갈 수밖에 없겠다는 그런 약한 마음이 밀려온 것도 있고, 우리 집은 너무나도 가난했기 때문이다. 똑똑한 아들이었다면 받지 말아야 할 돈인데 말이다. 어머니, 죄송했습니다. 훗날 천국에서 뵈면 그 돈 다 갚아 드릴게요.

부산 육군병원에서

·····························

부산 육군병원에서 두 개의 병실은 파월 장병 환자들만 들어가 있는 병실이다. 그래서 병실은 독기만 잔뜩 서린 병실이라고 해도 될 것이다.

그러니까 한 병실에 각 팔십여 명의 환자들이 들어가 있고, A 병실, B 병실 환자들끼리 싸움이 벌어지기도 했는데, 싸움이 치열했던 날은 누가 사망하지만 않았을 뿐 링거병이 휙휙 날아다니는 등 싸움이 요란도 했다. 병실 분위기는 환자들 눈빛부터가 살벌했다. 그런 환자들 가운데 심지어 성기가 없어졌다는 환자도 있었는데, 그 환자는 잠자는 곳도 병실이 아닌 사창가란다.

어떻든 나는 성기가 없어졌다는 환자 덕분에 밥 타 먹으려 줄 서지 않아도 될 뿐만 아니라, 가져다주는 밥도 부족하지 않게 먹게 된다. 밥을 부족하지 않게 먹게 된 건, 밥을 가져주는 병사가 말하길, "밥 더 먹을 사람이 있으면 말하라" 그래서 나는 남은 밥 더 타다가 간식처럼 먹기도 했다. 제대 때까지 그렇게 했다. 그러나 그만 맞아도 될 것 같은 페니실린 주사를 날마다 맞게 된다. 그런데 어느 날은 위생병이 주사를 놓으려다 말고 페니실린 주사기를 뽑아 들면서 하는 말이, "이거 보시오~ 주사를 그냥 놨으면 큰일 날 뻔했습니다. 그렇지만 이제 다시 놔도 됩니다."라고 말하면서 페니실린 주사를 다시 놔 준다.

그렇다. 위생병 말대로 서울 메디컬센터 위생병처럼 페니실린 주사로 실수를 했다면 나의 생명이 어떻게 됐을지, 생각할 필요도 없다.

안 맞아도 될 빠따

내가 입원한 병실의 환자들은 장기, 바둑으로 시간을 보내게 된다. 환자들마다 다 그랬지만, 나는 오로지 독서만 했다. 물론 공부 독서가 아니기는 해도 말이다. 그러니까, 병원에 꽂혀 있는 책을 전부 다 봤나 싶다. 상급병들이 보기엔 그게 건방져 보였는지 환자인 나를 포함해 두 명을 불러내 빠따를 내리친다.

그래서 병원 분위기가 살벌함을 알고 있는 나는 군말 못 하고 빠따를 맞고 생각해 보니, 책만 봤을 뿐인데 이건 아니다 싶어 빠따를 친 환자들에게 다가갔다. 빠따를 친 환자는 내 눈빛을 보더니 잘못했다고 사과한다. 그래, 사과받은 건 다행이다. 하지만 병실 분위기가 살인극이 일어날 것 같을 정도로 살벌하기는 해도 하급병이 상급병에게 빠따를 칠 수는 없지 않은가. 그러나 생각해 보니 빠따를 친 환자들만 잘못한 게 아니라, 병장이라고 말 안 한 내 잘못도 있겠으나, 병실에서 먼저 입원한 환자가 군기를 잡겠다는 이유로 빠따를 치고, 빠따를 맞고, 그런 살벌한 병실 분위기에서도 나를 가까이하려는 최 상병이라는 사람도 있었다.

　그러니까, 아무에게도 말해서는 안 될 비밀스러운 말도 해 주는 최 상병이라는 가짜 상병 말이다. 가짜 최 상병이라고 말한 건, 병 치료를 받아야겠으나 그만한 치료비도 없거니와 자기 외삼촌이 부산 육군 병원에 근무 중이기도 해서 그렇게 말한 것이다. 아무에게도 해서는 안 될 그런 비밀스러운 말을 내게는 한다. 가짜 최 상병이 내게 말하게 된 건, 내가 가짜 최 상병에게는 무슨 말이든 해도 괜찮을 사람으로 보여서였는지도 모르겠다. 그러니까, 부모가 주신 평안한 표정 말이다.

근무부대 중대장에게 편지

"아니, 병상일지를 보니 최 병장님은 공상이 아니라 사상이라고 되어 있는데 그게 맞는가요?"

사무실 근무자의 말을 듣자마자 곧 근무 대대 의무관에게, 중대장에게, 좌리 포대 의무실, 이렇게 세 사람 앞으로 편지를 쓰게 된다. 부상 당시의 사실적 편지 답장은 2주 후에서야 받아 보게 된다.

"당시를 자세하게 말할 수 있는 병사들은 모두 다 제대를 해 버려 중대장인 제가 공상 서류를 만들어 병원 측에 발송했으니 확인하시고, 건강하세요."

편지는 공상으로 바로 잡게 돼 다행이나 206부대를 통솔하는 대대장 계급은 중령뿐이라 대령으로 진급하고자 무리한 훈련시킨 것이 결과적으로 나에겐 큰 부상을 안기기까지 한 게 아닌가.

그러니까 군단에서 최우수 전투부대라는 표창으로부터 대령으로 진급하자는 꼼수 훈련이었다. 그런 진급 욕심 훈련 과정에서 입게 된 부상임에도 대대장은 그리도 바라던 진급이 누락되지 않게 하려고 사사로운 부상이라는 포장으로 뒤집어씌운 게 그리 된 것이다. 아무튼 그렇게 해서 입원한 지 14개월 만에 제대를 하게 된다.

장애인으로 제대

　이유야 어떻든 나는 장애인으로 제대했다. 제대는 했으나, 당당할
수가 없는 상이군인이다. 그렇기에 앞으로 살아갈 길이 막막했다. 막
막한 이유는, 나는 아버지를 대신해야 할 장남이기도 할 뿐만 아니라
동생들도 챙겨야 해서다. 그러니까 병원 생활에서는 느끼지 못한 암담
함 그 자체였다. 그래도 상이군인이라는 이유의 원호(당시의 원호는 도
와준다는 의미)연금은 해당이 되겠다 싶어 목포 원호지청으로 달려가
직원에게 상이연금을 신청하려는데, 직원은 해당자들 명단 서류를 넘
기더니 최영만이라는 이름이 없다고 한다. 그래서 '이름조차 없으면
안 되는데' 하면서 직원에게 어떻게 된 거냐고 나는 실망한 표정으로
묻는다. 그러나 원호청에선 어떻게 해 줄 수가 없다고 말해 그러면 무
슨 방법이라도 가르쳐 달라고 나는 애원하다시피 한다. 그러나 직원은
해 줄 수도 없는 일을 가지고 귀찮게도 군다는 태도다. 그래서 가르쳐
달라 말한 것뿐인 사람에게 귀찮다는 태도를 보여 대들고도 싶었지만,
대든다고 해결될 일도 아니기에 눈물　머금고 되돌아와 방법을 강구

하기 시작한다.

그러니까 병원에서 근무부대에 보낸 편지처럼 '저는 25사단 206부대 좌리 포대 병사로 야간 훈련 과정에서 입게 된 공상자로 입원 14개월 만에 퇴원했습니다. 부상 날짜는 1966년 10월 말경이고, 장소는 좌리 포대 바로 앞 동네입니다.'라는 내용으로 쓴 편지를 국방부, 육군본부, 이렇게 두 곳으로 보내게 된다. 주소는 올바르게 썼는지 기억은 없으나, 편지는 그렇게 보내고 답장은 학수고대 기다리던 3주 만에 받아본다. 편지에는 '해당 참모총장 앞으로 다시 보내시오'라고 적혀 있었다. 그나마 희망적이다. 그래서 앞에서 말한 내용대로 편지를 육군참모총장 앞으로 보내고, 기다리던 답장은 2주 정도 지나서 받게 되는데, A4용지의 반도 못 되는 크기의 종이에다 '대한민국 육군 참모총장' 이렇게 도장만 찍혀 있지 않은가. 그러나 이제 됐겠다 싶어 육군참모총장 도장이 찍힌 것만 들고 목포 원호지청으로 달려가 직원에게 제시하니 "이제 됐습니다." 한다.

신앙인이 되기까지

제대하고 술, 담배는 당연히 했다. 어느 날은 신종수, 정정남, 한상윤이 내일 군대에 가게 된다는 이유로 소주 대두 두 병을 사 온다. 그러나 김양범은 낮에 농약을 해서 못 먹겠다고 하고, 나는 수박을 안주삼아 술을 마셨다. 마셨다기보다 바가지로 퍼부은 것이다. 그랬기에 다음날 거울에 비추어진 내 얼굴은 사람 꼴이 아니다. 그래서 안 되겠다는 마음이 들어 그동안의 술, 담배를 동시에 끊게 되고, 교회를 나가게 된다. 그러니까 교회에 나간 첫날은 부활절이고, 저녁 예배다. 그런데 신태석 전도사님은 설교를 '삶의 목적'이라는 제목으로 진행했다. 그런 설교가 이유라고 볼 수는 없겠으나. 신앙 서적이면 좋아라 읽었고. 교회주보도 만들었고, 부흥 집회 포스터도 만들었다. 실력이 있어서 만든 건 아니다. 그런 것들을 만들 만한 사람이 아무도 없어서다.

이화여자고등학교 학생회장에게 쓴 편지

   안녕하세요. 저는 공동 모내기에 앞장서야만 하는 사람입니다. 여학생들이 착용하는 헌 스타킹이 생각이 나 이렇게 편지를 쓰게 됩니다. 그러니까 학생들도 알고 있을지 몰라도, 젊은 여성들에게 모내기는 여간 어려운 게 아닙니다. 특히 곱기만 해야 할 아가씨들에게 치명타를 입힐 거머리 때문이지요. 그래서 가능하다면 헌 스타킹을 조금 보내주십사 이렇게 편지를 씁니다.'

   이런 간단한 내용의 편지를 나는 이화여고 학생회장에게 보내게 된다. 이화여고 주소도 없다. 그래서 받아 보리라는 생각도 없다. 그렇지만 편지는 여지없이 도착했고, 부탁한 스타킹은 대형 박스로 보내 주어 잘도 써먹었다. 당시 스타킹은 국내산이 없고 모두가 외국산이었기에 누구는 언니 스타킹을 물려받기까지 할 정도였고, 농촌에서는 스타킹을 착용하기는커녕 어떻게 생겼는지조차도 모른다.

그래서 이화여고 학생회장에게 고맙다는 인사 편지는 당연히 보내야 했음에도 그러지 못한 게 미안하다. 이화여고 학생회장이 스타킹을 보내 주기 위해 학생들에게 독려도 했을 것이기 때문이다. 그러니까 이화여고 학생회장은 아마 학생들에게 '여러분들 스타킹이 심하게 낡기는 했으나 쓰레기로 버리기는 아깝다는 생각에 두고만 있던 스타킹이 있다면 학교로 가지고 오십시오. 우리 이화여고 학생 여러분들의 선한 맘을 거머리에 시달리는 농촌 여성들에게 보여 줄 좋은 기회이니 모두 참여해 주십시오.' 하고 말했을 것이다. 그 당시의 이화여고 학생회장도 이젠 손주들로부터 효도를 받으며 살아가실 것이라 믿는다.

친구 외할머니 장례 옷

"할머니 새벽 기도 때 기도를 뭐라고 하세요?"

"죽을 때 아무도 모르게 죽게 해 달라고 기도해."

그런 말씀을 하신 이유는 외손주를 지팡이로 알고 사셨기 때문이다. 그래서 할머니 죽음은 새벽 기도 때문이었을까, 집 근처 고추밭을 매시다 열사병으로 돌아가셨다. 그것도 쓰러지지도 않고 고개만 떨군 채 말이다. 그렇게 돌아가신 것을 발견한 건 밭 매러 가던 젊은 여자였는데, "할머니, 햇볕도 뜨거운데 그만 들어가세요."라고 말해도 할머니가 대답이 없자 다가가 보니 이미 숨을 거두신 것이다.

그렇게 돌아가신 할머니를 외손주인 이동옥 친구는 곧 방으로 모시게 되고, 장례는 다음날 치르게 되는데, 입관 절차에 따라 상복 옷을 입혀 드리고, 입관은 나와 신태석 전도사님과 이정신 장로님과 정정봉 친구와 네 명이 함께했다. 그런데 한참 무더운 시기고 할머니는 뼈만 앙상한 상태에서 돌아가셨기에 곧 부패했다.

지독한 냄새를 막아야 할 마스크도 없는 시대에서 시신 부패 냄새는 코피가 날 정도로 치명적이다. 그래서 신태석 전도사와 이정신 장로는 땀을 뻘뻘 흘리고, 정정봉 친구는 시신 부패 냄새를 막자는 차원의 액체 모기약만 냅다 뿌린다. 모두는 그렇지만 나는 내 할머니처럼 모셔야겠다는 선한 생각이 든다. 당시의 사정을 지금 생각해도 잘한 일이다.

남의 묘지에 쇠말뚝

　남의 묘지에다 쇠말뚝을 박아 버린 건 중죄일지도 모른다. 그러기까지는 멀지 않은 한 달 사이에 스스로 목숨을 끊는 비극적 사건이 동네에서 일어난다. 그러기에 이름을 달리해야 할지 모르겠지만, 옥동댁 둘째 딸 김순희와 월산댁 아들 정길남이 스스로 목숨을 끊은 사건이다. 아무튼 그걸 두고 여자들은 동네 위에다 조상 묘를 남몰래 이장해 놓은 김연수 씨가 옮겨 놓은 조상 묘 때문이라고 하는 것 같다. 그러니까 누구의 말인지 몰라도 하얀 옷차림을 한 남자 노인이 죽은 김순희와 정길남을 양팔에 끼고 있더라는 말을 듣게 된 여자들은, 어디서 구했는지 모를 기다란 쇠말뚝을 해전 양반 조상 묘에다 박아 버렸다는 것이다.

　그랬다는 소식을 전해 듣게 된 해전 양반은 고발하겠다고 으름장이란다. 고발하겠다는 말에 놀란 어른들은 무슨 속내인지도 모르는 나를 불러서, 동네 일에 관여도 못 할 단순 청년뿐이기는 해도 나몰라라 할 수는 없다는 생각에 가서 보니 십여 명의 여자들이 있었고, 남자는 봉령 양반과 친구 아버지 용매 양반뿐이지 않은가. 그렇기는 해도 오라고 해서 갔다면 무슨 말이든 말은 해야 해서 이렇게 입을 열었다.

"나는 예수를 믿기에 불편만 아니면 묘를 마당에다 둬도 상관없다는 것입니다. 그러니까 묘에 관심조차 없으나 남에 묘에다 쇠말뚝까지 박는 건 말도 안 될 일이요. 해전 양반은 안 그럴 거라 믿지만, 고발하게 된다면 여러분들은 고발당할 수밖에 없어요. 물론 법은 몰라도요. 아무튼 그렇기는 하나, 해전 양반은 논밭도 그대로 두고 이사를 가셨으나 농사일로든 수시로 오게 될 거잖아요. 그러니까 그동안 친인척처럼 지내던 동네 사람들을 고발하고, 고발당하고, 경찰서로 불려 가고, 그렇게 되면 우리 동네가 무슨 꼴이겠어요. 다른 동네 사람들 보기도 창피하게 말이요.

우리 동네가 이렇게 되기까지의 잘못은, 제가 할 말은 아닐지 몰라도, 어른들께서는 한참 잘못했어요. 해전 양반이 말도 안 되게 암장했음을 알면서까지, 임금이 당장 나올 만큼의 대단한 명당일지라도 동네 머리에다 도저히 묘 쓸 수는 없음에도 말이요. 생각해 보면 조상 묘만이 아니라 상여조차도 지나갈 수 없는데 말이요. 묘까지는 안 되는 줄 아시면서 막걸리까지 얻어 마시는가 하면 묘 만들 때 협조하라니요. 그러니까 처음부터 아니라고 말리셨어야지요."

나는 그리 말해서 해전 양반은 고발까지는 안 할 줄 알았는데 해전 양반은 고발은 반드시 할 거란다. 물론 밖으로 나와 단둘이 얘기 나눌 때 한 말이지만.

　그래서든 해전 양반 태도로 봐 없었던 일로 하지 않을 태세라 다혈질인 나는 대뜸 해진 말이 해전 양반 자네는 잘못된 사람이구먼. 이사를 광주로까지 갔다면 사람이 좀 달라져야지, 그게 뭔가. 만약 고발이라도 해봐, 그러면 나는 가만히 안 있을 테니. 무슨 말인지 알겠어! 했다 (나이도 나보다 네 살이나 더 많은 사람에게) 그런데 친구가 (김인수) 느닷없이 다가오더니 자기 형에게 함부로 했다고 주먹다짐까지도 할 뻔했다. 그러나 아닌 것은 아니라고 하는 게 나의 신념이다. 아무튼 나이로도 나보다 네 살 더 많은 해전 양반에게 막말했다는 게 많이도 죄스럽습니다. 그래서 맘으로라도 사죄드리면서 이젠 연세가 구십이 다 되시는데 건강만이라도 하실지 모르겠습니다.

옥동댁 딸 자살 사건

"순희가 죽었다는데."

이웃집 덕산댁 말이다. 그러니까 잠에서 깨어나지도 않은 시간에 죽었다는 것이다. 그래서 곧 가 보니, 이미 죽어 있어서 그렇겠지만 얼굴에는 수건 같은 천이 씌워져 있다. 그런데 옥동댁은 천을 벗기더니 죽은 딸이지만 얼굴이라도 보라는 것이다. 그렇다면 옥동댁은 나를 사윗감으로도 봤다는 건가? 그게 사실일지라도 결혼까지는 어림도 없다. 그것은 어려운 생활 형편 때문만이 아니다. 손아랫사람들에게도 호칭을 아저씨, 고모님이라고 해야 해서다.

아무튼 김순희가 죽은 이유는, 나중에 듣게 된 얘기이지만, 동촌에서 영화 보고 오던 길에 군남면 농협 조합장 동생에게 강간당하고 보니 예수 믿는 신앙인으로서도 씻을 수 없는 죄인이라는 생각에 농약을 마신 것이다.

김순희가 그렇게 되기까지는 군남농협 조합장 동생이 김순희가 죽기 며칠 전부터, 그러니까 두 명만의 머슴방이지만 아무나 자고 가도 되는 사실상 개방된 사랑방이라서 멀리 포천에 사는 군남농협 조합장 동생도 자고 가더니, 옥동댁 딸 김순희가 죽은 것이다.

그렇다면 군남농협 조합장 동생 잘못이라고 아니 할 수 있겠는가. 그러니까 죽은 김순희는 송흥국민학교 부지도 내놓기까지 사실상 부잣집 손녀이면서 예쁘기도 하다. 그래서 김순희 부모는 여간 신경이 쓰이던 중이었을 것이다.

아무튼 죽은 김순희를 묻어 버린 다음 날이다. 딸을 잃어버린 옥동댁은 내게 엄청 고마운 분으로, 얼마나 힘드실까 싶어 누구는 오지랖 넓다고 말할 사람 있을지 몰라도 또 찾아갔더니, 죽은 딸 머리카락을 꺼내 와 내게 주시면서 만져 보라고 하신다.

그러나 죽어 묻어 버린 김순희의 머리카락을 만져 보는 건 아무래도 아닌 것 같아 보기만 했지만, 생각해 보면 옥동댁이 죽은 딸 머리카락을 만져 보라고 하신 건 딸 김순희가 나를 여간 좋아했다고 여기서서 그랬던 건 아닐까?

그러니까 나는 노총각인 서른 살이기는 해도 밉지 않은 얼굴이고, 김순희는 스무 세 살이라서 한참 예쁜 나이기도 하지만 김순희는 어느 날 내게 예쁘게 보이려고 했던 건지 하얀 반바지 차림으로 우리 밭에 오더니 괜한 삽질까지 했다. (당시 여성들 반바지는 흉이었다) 그러나 한 동네에서 태어나 어려서부터 본 얼굴이라서 그런지 김순희가 여자로 보이는 그런 감정은 전혀 없었다. 김순희가 여자로 보이지 않았기에 나는 장가를 들지 않기로 작정했으니까. 나야 그렇지만 김순희의 엄마 옥동댁은 반바지 차림까지의 딸 모습을 울타리 사이로 보면서 노총인 나를 여간 좋아하는가 보다, 그리 생각하셨지 않았을까.

아무튼 그때는 그랬었으나, 이젠 세월이 그만큼 흘러 딸의 죽음은 이제 잊을 만도 하다고, 누구는 그리 말할 사람도 있을지 몰라도 그건 남의 말이고, 사랑하는 딸이 어느 날 갑자기 죽어 버린 것을 세월이 갔다고 해서 잊을 수가 있겠는가.

어떻든 옥동댁도 이제 간병인이 필요할 만큼 한참 노인이시라 서울 광진구 큰아들이 모신다고 해서 찾아갔더니, 깜짝 놀라 반기시며 내 손을 꼭 붙드시지 않는가. 옥동댁이 내 손을 꼭 붙드신 이유는 내가 비록 가난하고 장애인이기는 해도, 사위로 삼았으면 큰아들 노릇도 할 텐데, 그런 생각은 아니었을까.

송흥국민학교 소사 조춘옥

송흥국민학교 소사 조춘옥은 학교 바로 뒤편에 살고, 학교 선생님들로서는 꽃이나 다름없이 여간 예쁘기도 하다. 그래서 총각 선생이 덮치게 된 게 계기가 되어 임신시킨 선생님 부모님 집에 찾아가 임신이라고 말하니, '아니, 네가 내 아들을 망칠 작정을 했냐'면서 야단이라 아이를 낳는 건 아닐 것 같아 결국 낙태하고 말았으나, 생각해 보니 그 선생에게는 강간이나 다름이 없지 않느냐는 생각도 들고, 분하기도 해서 고발하고 싶은 마음에 도움받을 만한 사람을 찾다 보니 결국은 총각인 내게까지 찾아온 것이란다.

그러니까 나는 신문 보고(한국일보) 있었는지, 아니면 새끼 꼬고 있었는지, 그런 기억까지는 없으나 아마 오전 10시쯤이었을까 싶고, 따뜻한 봄날이기도 해서 방문도 활짝 열어 놓은 상태고, 어머니도 계시기에 안 좋은 소문은 나지 않을 것이나 조춘옥은 열려 있는 방을 열더니 "영순이 오빠에게 할 말이 있어서 왔는데 들어가도 돼요?" 한다.

그래서 나는 "들어와도 되기는 하지. 그런데 무슨 일로?" 하고 말하니 "애기는 들어가서 할게요" 그러고서 총각 선생이 제 손을 붙든 게 결과적으로 임신까지 하게 됐다는 하소연을 늘어놓으며 총각 선생을 고발하겠단다.

그래서 나는 "고발하게 되면 선생질은 못해 먹겠지만 잘못한 건 총각 선생이 아니라 춘옥이 너잖아!" 하고 조심해야 할 말을 생각도 없이 해 버린 것이다.

총각 선생이기는 해도 선생이라는 사람이 남자로서 한번 써먹고 버린 여자가 된 게 너무도 억울해 내게까지 찾아온 조춘옥을 달랬어야만 했는데도, 그런 생각은 어디로 가 버리고 조춘옥에게는 상처가 될 수 있는 말을 해 버린 탓인지, 조춘옥은 눈물을 주르르 흘리지 않는가. 그래서 나는 눈물 흘리는 조춘옥 모습이 너무나도 안타깝다는 생각에 눈물을 닦아 주려고 하니 조춘옥은 아니라고 하며 내 손을 치운다.

그랬던 조춘옥을 보내고서 한참 후에서야 느끼게 된 생각이나, 말만이라도 총각 선생을 만나 혼내 주겠다고 했어야만 했음에도 그렇지를 못한 게 세월이 흐른 지금도 미안하다. 미안은 하나, 다 지난 과거 일로 여겨 버리고 후손들로부터 효도받으며 행복하길 바란다.

고발하겠다는 김희범 씨

송흥학교 학생들을 상대로 장사하시는 김희범 씨는 고발 사건 가지고 내게까지 찾아와서 하시는 말씀이, 옥실리 애들을 경찰서에 고발할 건데 사실이라도 알고 있으라는 말을 하려고 오셨다는 것이다. 그래서 나는 화야 나시겠지만 당장은 참으시라고 했다.

그러니까 김희범 씨가 나를 찾아온 이유는, 동네에서는 단순 청년이 아니라 모범 청년이라는 칭찬도 받던 중이라서였을 것이다. 그리고 경찰서에 고발하고자 한 이유는 옥실리 애들이 전방(가게) 물건을 훔친 것이다. 그러니까 술 몇 병과 몇 개의 사탕뿐이기는 하나, 가게 주인 몰래 훔쳐 갔다는 데 화낼 만도 하다.

그래서 느낌이 가는 강장원 동생 포함 네 녀석을 불러 시골에서는 어렵지 않게 먹을 수 있는 밀가루부침개를 먹이면서 말하길, "조금 전에 너희들을 고발하겠다고 김희범 씨가 찾아왔더라. 그래서 말인데 지금 당장 찾아가거라. 그렇게 하겠냐?" 말썽도 부릴 열일곱 나이들이라지만 말이다.

아무튼 그러고서 김희범 씨는 다음날 또 찾아와 이렇게 말했다.

"애들이 찾아와 잘못했다고 하대. 고맙네."

"고맙기는요. 애들을 용서해 주서서 제가 감사하지요."

그런 일이 있고서부터는 내가 인사를 먼저 받기도 했다. 당시의 일들이 새롭다.

느닷없이 찾아온 청년들

농사도 이제부터는 식량 목적으로 짓는 게 아니라 장사 목적으로 짓자는 생각이었다. 그런데 그동안의 생각이 먼 동네까지 어떻게 알려졌는지 7명 정도 되는 청년들이 느닷없이 찾아와 새로운 농법을 가르쳐 달란다. 그러나 나는 공부로 터득한 방법이 없어 시험 중인 사실만 말했을 것이다. 그러니까 우리 마을은 논과 밭이 너무도 작다는 이유로 나는 우리 동네를 감나무 동네로 만드는 게 좋겠다고 했다. 수입 과일들이 물밀듯 들어오는 오늘날엔 맞지도 않은 발상이나, 많은 사람에게 그 이유를 설명했다. 그러나 어림없는 발상이었음을 깨닫고 없었던 일로 하고 말았으나, 내 생각에 동조도 해 주고 믿어 줄 만한 사람을 물색해 농업국가로 성공한 덴마크로 보내 농업 기술을 배워 오게 하자고도 했다. 그렇게 하기에는 그만한 여비도 필요할 것이기에 조합을 만들어서까지 말이다.

농사를 남의 논 빌려 짓기

한참 노인이신 할머니를 비롯해 식구가 많음에도, 농토라고 해 봤자 논은 한 뙈기도 없고, 세 마지기 정도의 척박한 밭뿐이라 교회에서조차도 우리 집 어려운 사정은 구호 대상이었다. 그러니까 교회 장로님이기도 하신 김승배 씨가 우리를 돕고자 의논도 했겠으나, 벼 한 가마를 어깨에 둘러메고 오시더니 마루에 내려놓고는 아무 말도 없이 그냥 가시는 게 아닌가. 성탄절 전날이다. 그래서 나는 쓸데없는 자존심이 발동해 울었다. 그러던 차에 어느 날엔, 대토(논 빌리기)를 벌 수 있겠냐는 제안을 김승배 씨는 한다. 그래서 손해가 될지언정 우선 일터라도 생긴다는 생각에 얼마나 감사했는지 모른다.

그러니까 내묘 정대수 씨 부인이 논을 빌려줬는데, 농사를 지을 남편도 죽고 없을 뿐더러 척박한 논이라는 데 있다. 그러나 농사법을 가르치는 농촌지도소 조언을 참고로 하여 쟁기도 필요 없이 못자리를 만들어 볍씨를 뿌리게 된다. 볍씨를 그렇게 뿌렸더니 잡풀들은 자기 세상인 듯 무더기로 나와 그런 잡풀들을 뽑느라 고생도 했으나, 빌린 논으로 한 해를 무사히 보냈다.

새마을지도자 대통령 표창장 1

어느 날 동네에서 재정적으로는 물론이고 인품으로도 인정도 받으시는 김승배 씨가 나를 찾아와 느닷없이 새마을운동 교육을 받으러 가란다. 그래서 농한기이기도 하지만 해야 할 일도 없는 처지라 고맙다는 생각으로 새마을운동 교육 받으러 가게 된다. 새마을운동교육은 박정희 대통령 지시를 따른 교육인 것이다. 교육 기간은 일주일이며, 광주라는 데도 있다.

새마을운동 교육 기간은 10월 유신 며칠 전이었다. 아무튼 김승배 씨 제안이라 달콤하다고 표현할 것까지는 아니지만, 아니라고 할 필요도 없어 응하게 된 게 결과적으로 나는 새마을운동 지도자가 된 것이다.

어떻든 교육 기간의 대접은 대단했다. 교육 내용은 웃겨도 한참 웃긴 개그 같은 그런 교육이었다. 그러니까 전라남도가 몇 개 군이며, 몇 개 면이며, 마을 수는 또 몇 개 마을이며, 그런 마을마다 호박을 심으면 수확량이 얼마일 것이며 등 말도 안 되는 순 엉터리 교육이다. 그래도 교육대로 이행해 수확량을 확보했다. 그런 호박이 새마을운동과 무슨 상관이냐는 것이다.

그래서만은 아니나, 유명 강사들의 강의여도 교육생들은 귓등으로도 듣지 않았을 것이나, 영광군에서는 교육대로 하라는 지시가 내려지자 동네마다 호박구덩이 파서는 안 될 저수지 둑에다가도 호박구덩이를 파기까지 했다. 말도 안 되는 순 엉터리 수준의 교육이나 나에게 후한 대접을 해 준 것은 영광군에서부터 교육이 끝나는 날까지였다.

아무튼 그렇게 해서 나는 새마을운동 교육을 받기는 했으나, 받은 교육을 써먹기에는 가난에 시달린 형편이라 교육받은 것으로 그만이라는 생각이었다. 그러나 새마을운동지도자 교육을 받은 자라는 중압감에 짓눌려 밤잠을 설치기까지 했다.

그래서 가을 볏짐도 져 나르기도 활발치 못한 동네 길을 트럭도 드나들 수 있는 길로 만들어야겠다는 생각에 이르게 된다. 그러나 문제는 맨손으로는 불가능할 것이기에 그만큼의 돈을 만들어야 한다. 그만한 돈 만들 방법을 생각해 보나 별다른 방법이 있겠는가 싶어 친구 김종열의 부친인 김효병 씨에게 새마을운동 교육 받은 사실을 말씀드리는 게 좋겠다 싶어 찾아가니, 마침 집에 계시기에 동네 길 넓힐 돈 계산이야 말도 안 될 주먹구구식이기는 하나, 나름의 설계도를 말씀드리렸다. 김종열 친구의 부친은 그러면 우선 동네 사람들을 모으라고 하신다. 그렇게 되기까지 이러한 대화를 나눴다.

"도와 달라는 게 뭔데?"

"도와주셨으면 하는 게, 다름이 아니라 동네 길 넓히는 일인데, 상당한 돈이 필요해서요."

우리 동네로 배당된 시멘트 5백 포대와 철근 1톤을 받았다. 그러나 마을마다 다 받은 것은 아니고, 신청한 마을만이다.

"그러면 돈은 얼마나?"

"많을수록 좋겠지만 최소한 벼 열 섬 정도요."

"인건비는 없고?"

"인건비는 자력이나 장비는 곡괭이 정도고, 그리고 경운기는 공짜로 한다고 해도 기름값만은 주어야겠지요."

"그렇지. 기름값만은 주어야겠지."

"그러니까 동네 길이 제대로 되려면 다리 둘도 놔야 하고, 샘골 양반 집도 헐어야 해서요."

"자네 말대로 길이 제대로 되려면 그래야겠지만 범위가 너무 큰 거 아녀?"

"그렇지요, 범위가 크기는 하지요. 그렇지만 정부에서 물자도 준 김에 하자는 거지요."

"그러면 계획은 세워 봤고?"

"계획을 세우려면 돈을 만드는 게 우선이라 드리는 말씀이어요."

"그렇기는 하지. 돈이 우선이지, 그런데 당장은 없는 돈 어떻게 하려고?"

"그래서 말씀인데 마을 길 넓히는 일로 모이면 해서요."

나는 말을 쉽게는 했으나, 마을 길 넓히기까지는 만만치 않을 것 같다. 헐어 버려야 할 심골 양반 집이 문제다. 그러니까 반란군 토벌 목적으로 불태움을 당한 사람들에게 정부가 준 각목으로 얼기설기 지은 집이기는 하나, 사위인 김진명 씨 가족까지 두 살림을 하는 집이기 때문이다. 그래서 이사를 시킬 일이 어떤 일보다 더 어려운 일일 수도 있기 때문이다.

그것은 그만한 돈을 내놓을 만한 사람이 그 누구도 없어서고, 동네 길 넓히는 건 본인들의 부속 건물은 물론, 넓지도 않은 마당이 좁아질 것이기 때문이다.

그러나 우선은 돈이 필요하다는 생각에 생활 형편이 그런대로 괜찮은 김효병 씨 집에 찾아가 그동안의 생각을 설명하면서 도와 달라 했고, 좋다고 했던 게 결과적으로 나는 대통령 표창까지 받게 된 것이다.

그래서 동네 일도 그렇고 친구 김종열의 부친은 나에게 있어서만큼은 절대적 우군이었다고 할까. 아무튼 돈은 십시일반으로 모여 가을에 내놓기 하고, 외상 공사를 시작하게 된다. 교각까지는 필요 없으나 두 곳 교량도까지도 말이다.

우리 마을에 던져진 새마을 가꾸기는 현실적으로는 그 무엇도 없다. 있다면 정부로부터 주어진 시멘트 5백 포대와 철근 1톤뿐이다. 그래서 두 곳 교량 공사는 생각지도 못할 일이다.

동네 길 넓히는 데 교량 공사가 절대적인데 말이다. 그러나 돈도 없는 열악한 마을 상황에서 공사 골재는 자력으로 할 수밖에 없어 나는 어떻게 해야 할지 고민에 빠져 밤잠을 설치기도 했다. 밤잠을 설친 이유는 공사 골재인 모래와 자갈은 어디서 어떻게 구할 것이며, 다리 공사 철근을 엮을 줄 아는 기술자도 없기 때문이다. 그래서 면으로부터 받게 된 요령 책자만으로 한번 해 보겠다는 용기가 결국 교량 공사 성공을 만들어 냈다. 그러니까 동네 길 넓히는 데에 가장 어려운 문제는 교량 공사였다. 교량 공사는 돈만으론 안 된다는 생각에 연화저수지 보강 공사 끝내고 내버리듯 쌓아 둔 자재가 내 눈에 들어오기 시작했다. 건축자재 주인인 김영달 씨는 노승봉 근처에 오동나무를 심다가 쉬고 계시는 분을 찾아가 마을 일 자초지종을 말씀드리니 가져다 쓰라고 해서 사용하기로 했다. 그러니까 김영달 씨는 자기 형님 김영대 씨와는 달리 나를 예쁘게 보기도 하신 분이다.

아무튼 이런 문제에 있어 다 설명하자면 바쁜 농번기는 아니기는 해도 모두 농사 준비에 매달려야만 해서 기획 또는 설계도, 심지어 잡일까지도 나 혼자 해결해야만 한다는데 너무나도 힘들고 어려웠다. 특히 어려운 점은 공사비로 쓰여야 할 돈 문제다. 공사비는 조금씩이라도 다들 내놓았는데, 나만 내놓지 못해 미안한 건 물론 창피하기도 했다.

그러나 이미 벌여 놓은 동네 길 넓히기 일이 돈만으로도 안 되는 게, 철거해야만 하는 두 가정을 이사시킬 문제다. 그러니까 이사를 시킬 여분의 집이 있는 것도 아니기 때문이다. 그런데 하나님의 도움 덕인지 정정봉 친구의 집을 매입해 살던 사람이 이사하게 될 거란다.

그렇지만 이사 가겠다고 하더라도 샘골댁은 정정봉 친구 집 쪽으로는 이사를 절대 가지 않겠단다. 그래서 나는 샘골댁의 무속신앙 고집을 꺾으려면 아무래도 설득으로는 불가능할 것 같아 무력을 동원할 수밖에 없다는 생각에, 경부고속도로 건설 과정에서 있었다는 마을수호신으로 여기던 나무를 군인들을 동원해 없애 버렸다는 얘기를 착안해 억지 이사를 시켰다.

새마을운동이라는 명분으로 동네 길 넓히기란 그것만이 끝이 아니었다. 두 가정을 이사시킬 일까지가 끝이었다. 그러니까 이사시킬 집은 두 집인데도 하나뿐인 집이라서 너무도 난감했다. 그래서 나는 궁리 끝에 사위인 김연석 씨를 그의 장모인 월산댁과 합치도록 설득하게 된다. 그러나 김연석 씨 장모 월산댁은 아니게도 스스로 목숨을 끊기까지 했다. 그랬다는 사실을 월산댁이 죽은 후에서야 알게 됐지만 여간 미안했다.

아무튼 무속신앙으로는 누구보다 강하신 샘골댁을 설득한다고 해서 쉽게 응하겠나 싶어 김연석에게 그만한 요구 조건을 들어주어야만 해서, 나는 누구에게도 발설하지 않기로 하고 벼 한 가마값을 더 주기로 한다. 당시 벼 한 가마값은 결코 적은 돈이 아니었지만 말이다. 그런데 문제는 그만한 돈이 없다는데, 난감하지만 이미 진행 중인 동네 일은 계획대로 해야만 해서 나중 일은 나중 일이라는 것으로 결정을 내리고 만다.

아무튼 동네 길 넓히기는 마무리까지 깔끔하게 해야만 해서 집 하나는 없애기만으로는 부족해 길을 만들기 위해 일곱 개의 헛간들과 안채 모서리도 잘라 내야만 해서 김양범 씨를 앞장서게 했다. 그래서 담장을 헐고, 넓지도 않은 마당이 더 좁아지고, 그러는 걸 월산댁은 보고 대성통곡을 하며 몇 년 전에 죽은 아들 묘소로까지 달려가는가 하면 봉령 양반은 내 밭은 손대지 말라는 저항으로 쇠스랑을 들고 위협까지 했다. 동네 길 내기까지는 그만큼 힘들었다.

동네 길 넓히는데 앞장선 친구 동생 김양범은 본인 부모 밭이 좁아지는 걸 방지하기 위해 그동안 없던 화까지 냈다. 거기까지가 아니다. 다른 동네 사람 토지도 있어 미리 찾아가 자초지종 설명하고 허락도 받았으나, 본인 토지가 반토막이 나는데 그러려니 할 수는 없어 토지 주인 이정신 씨는 많이 속상해하는 표정이었다.

그래, 없어지게 된 토지에 대해 단돈 얼마의 보상비라도 주어야 하는 건데, 나는 그러지를 못한다는 데 미안했다. 그런 언급은 앞에서도 했으나, 군남면에서 준 책자만으로 교량 공사를 하다 보니 교량 모양이 엉성해졌으나, 동네 어른들로서는 상상도 못 할 일을 나는 해내고야 말았는데, 친구 부친 용매 양반은 그렇게 엉성하게 되어 있다는 말에 나는 좀 서운했다. "우리 동네가 이젠 천지개벽이 된 거나 다름없는

데 수고 많았네." 그런 말을 해 주면 될 걸 가지고 말이다.

　아무튼 봄장마는 해마다 연례행사처럼 내렸으나, 그런 봄비도 하나님의 도움 덕인지 동네 길 넓힐 기간 동안 만큼은 참아 주었고, 동네 여자분들이 정성으로 차린 간식도 주셔서 맛나게 먹었다.

　그리고 마을동네 길 넓히기 일에 경과를 보고하는 건 당연해서 동네 주민분들을 우리 집으로 모이게 하고, 국수와 만든 팥죽을 대접하면서 그동안의 일들을 보고한다. 그러니까 후원을 물질만이 아니라 정신적으로도 해 주신 분들 개개인에게 감사 인삿말을 했다. 그러기는 했으나, 마을 길 넓히기 앞장을 선 건 나 자신만이 아니었다는 게 미안하고 창피하기도 했다. 그것은 새마을 넓히기 과정에서 철거된 샘골댁 자투리땅을 우리 토지가 되었기 때문이기도 해서다. 그러나 그런 문제에 있어서는 누구도 말하지 않고 모두는 칭찬 박수만 주었다.

총각이 결혼식 주례 1

해마다 늦가을에는 혼담의 결실이 여기저기서 맺어지게 된다. 어느 날 나는 논보리 일로 쉬고 있는데, 한상택 친구가 다가와 내게 말했다.

"우리 신국이 결혼식 주례를 전도사님께 부탁했더니 세례를 한쪽만 이어서는 곤란하다고 하는데 맞는 건가?"

"그건 나도 잘 모르겠는데. 그러면 결혼식 날짜는?"

"당장 내일."

"내일이면 날짜도 없잖아."

"그래서 큰일이야."

"그러면 말이야, 주례를 내가 서면 안 될까?"

"그건 말도 안 돼."

말도 안 된다고 말하는 이유는 내가 너무 젊기도 하지만 총각이기 때문이다.

"날짜도 없이 당장 내일이고, 방법도 없다면 자네 동생 신국이 결혼식 대충 때우고 말아. 그런 말은 내가 할 말은 아니나, 결혼식이 앞으로 살아가는 데 중요하지는 않을 거잖아."

"그렇기는 해도 결혼식은 평생 한 번뿐이잖아."

"신국이 결혼식 주례를 찾을 다른 방법이 없다면 내가 대신 서면 어떨까 싶어."

"결혼식 주례를 자네가 대신 선다고?"

"그렇지, 그래서 말인데 자랑까지는 못 되나, 나는 새마을운동지도자 박정희 대통령 표창을 받은 자니 그런 자격으로 말이야."

아무튼 그렇게 해서 신학생인 고모 사촌 동생인 김영암을 사회자로 해서 한신국 결혼식이라는 이름을 지어 주었다. 그렇게는 했으나, 결혼식 주례를 한 번도 본 적 없는 왕초보라 고민에 빠져 뜬눈으로 밤을 지새웠다. 그러나 이젠 결혼식 주례자가 되기까지 했다. 그러니까 두 해에 여섯 번이나.

집 새로 짓기로 한 날 편지

그동안 살던 집 헐어 버리고, 비록 흙벽돌집이기는 해도 새집 짓기로 한 날, 군부대에서 일병과 상병으로 만났던 이태근이라는 일병이 우리 집에 찾아오겠다는 편지를 보내왔다. 그러니까 '최 상병님은 뜻하지 않게 큰 부상으로 입원하게 되셨음에도 저는 문병조차도 못 했습니다. 그래서 저는 최 상병님을 찾아뵙고자 합니다.' 이런 간단한 내용의 편지다. 그래서 답장을 '제 집에 오서도 어딜 가야만 해서 오신들 만나지도 못할 테니 오지 마세요.' 하고 거짓말로 답장을 했다.

그러니까 이태근 일병은 나를 괜찮은 상병으로 봤기에 우리 집까지 찾아오겠다고 했을 것이다. 이태근 일병은 남자답게 잘생기기도 했을 뿐만 아니라 학벌도 고등학교까지다. 그렇기도 하고, 생활이 넉넉한지 남자이기는 해도 금반지까지 낀 병사였다. 그래서 찾아오겠다는 이태근 일병에게 지지리도 가난한 내 모습을 도저히 보여 줄 수는 없어 못 오게 한 것이다. 내가 비록 괜찮은 상병이기는 해도, 남자의 자존심이랄까. 아무튼 그래서였다. 그러나 이젠 그리도 가난만 했던 전날과는 달라 소설책도 냈으니 이메일을 통해서든 한번 만나면 좋겠다.

이장이라는 명찰

나는 그동안 가지고 있던 새마을운동지도자라는 명찰을 이장이라는 이름으로 바꾸게 된다. 그래서든 호적들은 잘 되었는지 살피는데, 동갑내기 정후덕 아줌마가 열여덟 살에 낳은 쌍둥이 딸들은 초등학생이기는 하나, 출생신고도 안 했다는 걸 알게 됐다. 쌍둥이를 호적에 올려 줄 생각으로 쌍둥이 나이와 생일을 물으니 정후덕 아줌마는 생일을 사실대로 말하면 벌금이 나온다고 해서 아직이란다. 그래서 나는 정후덕 아줌에게 말하길, 만약 출생신고 늦게 했다고 벌금이 나오기라도 하면 내가 알아서 해결할 거라고 했고, 쌍둥이 호적 정리를 하고 정후덕 아줌마 집에 또 찾아가 이젠 잘된 거라고 말하니 정후덕 아줌마는 이렇게 말했다.

"잘됐다니 고맙기는 한데, 이장에게 대접할 것도 없어 어쩌면 좋냐?"

"대접할 것 없으면 냉수나 한 잔 주어."

나는 그랬다. 어떠튼 그때는 그랬어도 정후덕 아줌마도 이젠 나이가 많아 건강은 괜찮은지도, 쌍둥이들도 환갑을 넘어 칠십을 바라보는 나이들이라 할머니일 텐데 어떻게들 살아가는지 궁금하기도 하다.

이젠 살아 있는 사람 사망신고 얘기다. 그러니까 모덕기 씨가 이장인 나에게 하시는 말씀이, 정대수 씨 전 부인은 죽었는지 살았는지 소식도 없다고 하니 정대수 전 부인은 사망신고 해 버리고 지금의 부인을 호적에 올리고자 하는데 이장이 생각 한번 해 보라고 하지 않는가. 그래서 나는 알았다고 하고 집에 돌아와 모덕기 씨가 한 말을 곰곰이 생각해 보니 아무래도 아닌 것 같다는 생각에 사망신고를 안 하고 있다가 며칠 후에 정대수 씨 호적을 들춰 보니, 아니나 다를까, 사망신고를 했다면 영창 신세도 질 뻔했다. 그러니까 주민등록번호를 부여받기 위해 주소를 옮기기까지 해서이다.

이장은 비료 대금 때문이든 뭐든 빚보증에 취약하다는 생각에 나는 아니라는 선포한 상태에서 김영기 씨가 농사를 지어 가을에 갚겠다고 해서 벼 두 가마값 빚을 대신 서 주었다. 빚은 사체가 아닌 농협 빚으로, 그렇게 된 건 김영기 씨가 동네 이장을 해 보겠다는 간절함이 너무나도 크나, 이장을 하고 싶다고 해서 아무나 세울 수는 없다는 김승배 씨 때문에 이장은 좌절하고 만다. 김승배 씨는 방앗간도, 벼 수매도 하는 사람이라서 우리 동네에서는 유지급으로 그분의 영향력은 크지 않을 수 없는데, 내가 새마을지도자 대통령 표창을 받게 된 일도 따지고 보면 김승배 씨 덕분이다. 아무튼 김영기 씨에게 대출해 준 농협 빚은 나몰라라 하는 태도라 이장인 내가 우선 갚고 찾아가 말하니, 김영기 씨는 농협 빚 떼먹지 않고 주겠으니 조금만 참으라는 말도 없이 죽고 말았으나, 김영기 씨 부인은 그게 마음에 가시처럼 걸렸는지 한참 후, 그러니까 딸의 결혼축의금으로 8만 원을 내놓는다. (일반 축의금 3만 원) 이름은 임금희, 나이로는 남편인 김영기 씨보다 한 살 더 많은 89세. 아무튼 건강이나 하시오.

크리스천으로 인정받기까지

개개인 주민등록번호가 부여되기 시작한 건 내가 이장일 때다. 그러니까 주민등록번호 부여는 전혀 생소한 일이고, 병역기피자 색출까지 그랬다. 그렇기에 주민등록번호 발급은 여간 복잡했다. 아무튼 주민등록번호를 부여받게 되는 작업을 우리 안방에서 하게 되는데, 모두가 군남면사무소 직원들이다. 그래서 점심을 대접하면서 "아시는지 몰라도 우리 집은 예수 믿는 집이라 술은 없습니다. 그래서 미안하나, 여러분은 그리 아십시오." 그러고, 가시다가 한잔씩 하라고 돈을 주었다. 얼마인지는 몰라도. 뿐만 아니다. 가다가 술 한잔씩 하라는 돈도 어떻게 만들어졌는지 기억도 없으나, 나는 크리스천임을 공포하는 계기가 됐고, 후로는 면사무소 직원들로부터도 크리스천임을 인정받게 됐다고나 할까. 아무튼 그랬다.

새마을회관 텃세

새마을회관은 박정희 대통령의 특별 지시이기에 이행할 수밖에 없어 동네 사람들 모두가 모덕기 씨 집으로 모이게 된다. 남자들만이 아니라 여자들까지도. 그렇게 해서 모이게 된 숫자는 삼십어 명이 될 것이다. 모임 의도 목적은 부자인 김영대 씨 논을 염두에 두고 선다. 암튼 그렇게 해서 새마을회관 자리는 김영대 씨 논 한쪽으로 결정이 되고, 감사하다는 박수까지 받는다. 물론 공짜가 아니라 벼를 심지 못하게 된다는 이유로 한 해에 벼 한 가마씩을 사용료로 하자고 하고, 막걸리까지 나누게 된다.

그렇게 해서 3년째에서는 벼 두 가마로 마감 짓는 게 났겠다는 김영대 씨 사위인 김승배 씨 제안을 나는 받아들이고 벼 두 가마값을 들고 김승배 씨와 함께 김영대 씨를 찾아간다.

"아저씨, 저 이장입니다."

"아니, 밝은 낮도 아니고 한밤중에 웬일로?"

"예. 좀 늦은 시간이지만 어르신에게 드릴 말씀이 있어서입니다."

"무슨 말을 하려고?"

"그러니까, 아저씨 논 사용료를 벼 두 가마값으로 매듭을 지으시면 해섭니다."

"그렇게 하는 건 쉬운 일이 아닐 텐데."

"그래요. 쉬운 일이 아니라서 저는 이렇게 돈도 가지고 왔어요. 그러니 이 돈 받아 주십시오."

"그러면 그럴까?!"

김영대 씨는 "그럴까?" 하면서 돈을 받는다. 그래서 이젠 됐다 싶어 감사하다는 인사를 드리려 하는데, 돈을 다시 내놓으면서 하시는 말씀이 이렇다.

"그러지 말고 종전대로 벼 한 가마씩으로 하자고."

"그래요? 오늘 일을 동네 분들에게 사실대로 말해도 괜찮으시겠어요?"

"그거야 이장이 알아서 할 일이고."

"저는 흔쾌히 받아 주시리라 믿었는데 그게 아니네요. 그러면 이만 가겠습니다."

김승배 씨는 사위이기에 아니라고 말도 못 하고 듣고만 있다가 그냥 오고 만다.

김영대 씨 고발 편지

이장이면 이장이지 어른에게 버릇 없게 했다는 이유겠지만 최영만은 시멘트를 팔아먹었다는 고발 편지를 군남면장 앞으로 보내기까지 했다. 군남면장은 (황성택) 고발장을 보낸 김영대 씨가 누구인지 잘 알고 있기에 고발 편지를 보여 주면서 웃고 말았지만, 그래도 동네 어른이라는 데 씁쓸했다.

벼 다수확 상금
||||||||||||||||||||||||||||||||||||||||||||||||

 나는 이장 활동을 2년으로 마감하고 김경모에게 넘겨주고 만다. 그러니까 이장이 벼슬이라도 되는 양 서로들 하겠다는 그런 마을 분위기에서 누구와의 의논도 없이 말이다. 아무튼 무슨 일로 농촌지도소 사무실에 가게 됐는지 그런 기억은 없으나, 벼 다수확재배 포상금 신청을 하게 된다. 물론 사실일지 모르나 벼 다수확재배 포상금 신청은 누구와 의논할 필요도 없어 혼자서 한 신청이고, 그것도 말을 들어 보니 두 건을 신청해도 된다는 것 같아 나는 두 건을 그대로 접수했다. 그러나 사실일지 믿어 보기는 반반이라 잊어버리고 있던 가을 어느 날에, 벼 다수확 심사원들이 나왔으니 와 보라는 것이다.

 '거짓이 아니구나' 싶어 곧 가서 보니 아는 얼굴들이 아닌가. 그래서 반갑기도 해서 벼 다수확재배 포상금을 신청한 김영대 씨 논을 보여주니 벼 낱알을 세어 보더니 알았다고 한다. 그래서 나는 알았다는 말은 합격이라는 의미일 것으로 알고 있었다. 문제는 김영대 씨가 자기 논이라는 걸 알아버린 것이다. 그러니까 논 주인 몰래 신청하는 건 안 될 일이기는 하나 김영대 씨가 누군가. 멀리까지도 소문이 난 왕구두쇠 아닌가.

그러니까 김영대 씨는 오로지 돈만 챙기려는 분으로, 내년 모내기 전까지는 맨 논으로 두어 생활이 어려운 사람들에게 보리논 빌려주는 문제도, 공자가 아니라 모내기 해 줄 조건으로 빌려주는 문제까지도 손익을 따져 주판 튕기는가 하면 본인 모내기 때는 일군들 숫자를 따져 여유롭지도 못한 밥까지 챙겨 준다. 그래서든 벼 다수확재배 포상금 신청 두 건 중 한 건은 무산되고 말았다. 그런데 군남면 직원은 내게 찾아와 자기 목이 잘릴지도 모르겠단다. 그래서 군남면 직원에게 너무나도 미안했다.

정말 미운 동네 어른

나는 이제 이장직도, 반장직도 아니다. 그러나 벼 다수확재배 포상금을 못 타게 한 김영대 씨에게 좀 따지려고 네 명의 젊은이들을 데리고 간다.

"아저씨, 안녕하세요."

"그런데 무슨 일로 왔는가?"

아버지 친구이기도 하신 김영대 씨는 좀 이상하다는 표정이다.

"무슨 일이기보다는, 그러니까, 아저씨께 드릴 말씀이 있어서요."

"아니, 자네가 내게 무슨 말 하려고?"

"밖에서는 말고 방에 들어가 말씀드려도 될까요?"

"그렇게 하지 뭐. 그러면 들어들 와."

김영대 씨는 사람이 나까지 다섯 명이라 조금은 긴장하셨는지 눈치를 슬슬 보신다.

"예, 말씀드릴게요. 우리가 이렇게 온 것은 다름이 아니라 벼 다수확재배 포상금 신청 문제를 아저씨는 왜 고발하셨나요? 그러니까 아저씨 논이기는 해도 아저씨와는 아무 상관도 없고, 마을 빚 갚고자 하는 일인데 도와주시지는 못할망정 고발이라니요. 저희는 너무나도 서운합니다. 벼 다수확재배 포상금 신청을 받은 공무원은 아저씨 때문에 목이 잘리게 생겼다면서 울먹이기까지 하네요. 그래서 말인데, 앞으로 아저씨 일은 돕지 않을 테니 그리 아세요."

나는 협박하는 말까지 해 버리고 말았다. 그러고서 며칠 후 듣게 된 말에 의하면, 최영만이가 깡패들을 데리고 왔더란다.

김영대 씨는 말도 안 되는 일로 고발까지 해서 항의하러 찾아간 우리를 깡패로 보았을지 몰라도, 군남면서도 몇 번째 부자라는 말까지도 듣는 김영대 씨는 동네 어른으로서 말도 안 될 잘못을 하시지 않았는가. 그래서 아무리 동네 어른일지라도 아닌 건 아니라는 것이다.

새마을지도자 대통령 표창장 2

"오늘은 군청에 가야겠네."

이장 정종만 씨 말이다.

"군청엔 무슨 일로?"

"무슨 일인지는 모르겠고 군청으로 오라고 했으니, 일단은 가 보자고."

나는 그렇게 해서 군청에 가니 언제들 왔는지 이미 천 명 가까이나 자리하고 있지 않은가. 나는 지각한 셈이다. 그래서 나는 맨 뒷자리에 앉게 되었는데, 행사 진행자는 "최영만 지도자님, 오셨으면 단위로 올라오시오."라고 말한다. 그래서 내 이름이 맞기는 하나 나는 아닐 거라는 생각에 두리번거리고만 있었더니, "최영만 지도자님, 오셨으면 어서 단위로 올라오시오."라고 사회자가 다시 말하기에 내가 맞는가 보다 싶어 단위로 올랐다.

"새마을운동에 적극적인 지도자님께 드리는 박정희 대통령 표창장을 최영만 지도자님께 드리게 됩니다. 그러니 모두는 박수로 화답해 주십시오."

사회자가 누구인지는 몰라도 영광군수 대독이다. 물론 부군수 앞에 서이기는 해도.

아무튼 대통령 표창장과 부상으로 시계라고는 하나 모양만 시계일 수 있는 탁상시계와 마을 기금으로 쓰이게 될 일백만 원짜리 증서(수표)를 받게 된다. 그런데 군남면장(황성택)이 이렇게 덧붙였다.

"최영만 지도자님이 받으시게 된 대통령 표창에 대해 시간상 이 자리에서 자세한 설명까지 다 할 수는 없겠으나, 새마을 가꾸기를 불굴의 정신으로 해내고야 말았다는 데 저는 면장으로서 감동이었습니다. 그 때문이라고 해야겠지만, 어쨌든 대통령 표창자로 감히 추천하게 된 것입니다. 그러니 앞서 드린 박수 다시 부탁합니다."

기억엔 없으나, 긴 설명을 줄여 보자면 아마 그랬을 것이다.

내가 받게 된 일백만 원의 상금은 논도 몇 마지기를 살 수도 있는 큰돈이라면 큰돈이었다. 그러나 새마을운동지도자에게 지급되는 그런 상금이 아니라 마을 기금으로 지급되는 상금이라 그런지 영광군 군남면 도로와 함평군 손불면 연결 도로 공사비로 쓰이게 됐다는 말만 들었을 뿐이다.

총각이 결혼식 주례 2

나는 총각 결혼식 주례자다. 그러니까, 결혼식 주례도 시대에 따라 달리할 수는 있겠으나, 결혼도 못 한 총각이 결혼식 주례를 설 수는 없을 것이지만, 나는 그런 일반적 상식도 깨 버린 결혼식 주례자였다. 그러니까 나는 개그 같은 결혼식 주례자였다는 것이다. 그러나 결혼식 주례를 엉터리로 본 것만은 아니었는지 결혼식 주례를 두 해에 걸쳐 여섯 차례나 서게 됐는데, 그리 된 사정을 설명하면 다음과 같다.

"내 동생 결혼식 때문에 전도사님께 말씀드렸더니 신부 측이 세례를 안 받아서 곤란하다고 하는데, 어쩌면 좋겠는가?"

섬배미 친구가 다가와 하는 말이다. 그러니까 나는 무슨 일을 하다가 쉬고 있었는지 기억엔 없으나, 논둑에 앉아 있었을 때다.

"그러면 결혼식 날짜는 언젠데?"

"당장 내일."

"뭐? 내일?"

"그래서 큰일이네."

"그러면 말이야, 내가 서면 안 될까?"

"그건 말도 안 돼."

"말이 안 되기는? 말 되지. 그러니까 당장 내일이라 급하기도 하잖아."

"급하기는 하지."

"그런 말은 미리 좀 하지. 날짜가 딱일 때 말씀드리면 전도사님은 느닷없는 일이라 곤란하다고 하실 수도 있잖아."

"곤란하기는 무슨. 결혼식 주례는 전도사가 해야 할 당연한 일이잖아."

"그렇기는 해도 신부는 세례자가 아니라면서."

"아무튼 동생 결혼식 주례만큼은 걱정 안 했는데 말이야."

"그래서 말인데, 다른 방법이 없다면 생각해 봐"

"그러니까 내 동생 결혼식 주례를 자네가 서 줄 거라고?"

"그렇지. 내가 할 말은 아니나, 결혼식이 중요한 게 아니라 앞으로 살아가는 게 더 중요하잖아. 안 그래?"

"그렇기는 해도 자네는 총각이잖아."

"총각이기는 해도 새마을운동 대통령표창자 자격으로 말이야."

오래된 기억이기는 하나 엉터리로 본 결혼식 주례는 아니었나 보다. 다만 결혼식 주례자로서는 어울리지 않게 너무 젊을 뿐이지. 암튼 결혼식 주례를 어떻게 서야 하는지도 모를 뿐더러 결혼식 주례자로서의 정장조차도 없는 상태에서 주례를 봤다.

나는 친구 한상택 동생의 결혼식 주례를 서기로 말을 해 놨으니 일단 2년 전 결혼한 장송용 친구의 정장을 빌려 입어야만 해서 사정을 말하니, 친구는 흔쾌히 빌려주어 입게 된다. 그러나 문제는 신랑, 신부에게 무슨 말을 해야 할지가 고민이라서 밤잠을 뜬눈으로 보냈다. 밤잠을 뜬눈으로 보냈기에 충혈된 눈은 감출 수도 없게 된 건 물론이다.

한신국 결혼식 사회는 신학생이며 고모 사촌인 김영암이 보기로 하고 결혼식이 진행된다. 물론 결혼식 때마다 축사를 써 본 그동안의 경험을 참고로 해서 말이다.

"신랑 한신국 군에게 묻습니다. 비가 오나, 눈이 오나, 태풍이 부나, 오직 신부 김선희 양만을 죽도록 사랑하겠습니까?"
"네~"
"고맙습니다. 그러면 또 신부 김선희 양에게 묻습니다. 비가 오나, 눈이 오나, 태풍이 부나, 오직 신랑 한신국 군만을 하나님 다음으로 여기겠습니까?"
"예~"
"감사합니다. 그러면 이제 신랑 한신국 군과 신부 김선희 양이 하나님 앞과 하객으로 자리를 해 주신 하객분들 앞에서 부부가 됐음을 결혼식 주례자로서 공포합니다."
그러니까 결혼식 주례는 고사하고 남 결혼식에 참석조차도 못 해 본 사람이 어떻게 알게 됐는지 정확한 기억은 없으나, 아마 그렇게 주례를 봤을 것이다.

내가 그리한 바람에 내묘에 사는 김경범 결혼식 주례도, 신종수 결혼식 주례도 서 주었다.

그래서 세 번째 결혼식 주례를 볼 때부터는 자부심도 가지게 됐다. 다음 해에서는 총각이 아니라 기혼자로 김만식 결혼식 주례, 김판근 씨 딸 결혼식 주례까지 연거푸 다섯 번째 주례를 서게 된다. 그러다 보니 나는 말도 안 되게 꽤 전문적인 결혼식 주례자가 된 것이다.

마지막 결혼식 주례

김금배 씨 장녀 결혼식 주례도 내가 서 주어야 한단다. 그래서 결혼식 주례가 익숙해진 나로서는 거절할 수도 없어 결혼식 주례자로 단위에 서게 된다. 그런데 하객 중 한 사람이 벌떡 일어나 단위로 저벅저벅 오더니 주례자인 나를 끌어내리지 않겠는가. 그래서 나는 하마터면 하객 목사에 의해 꼴사납게 넘어질 뻔했다.

목사님, 그렇습니다. 결혼식 주례를 많이 서 봤던 목사님리 보시기에는 내가 결혼식 주례자로서 말도 안 되게 젊어 보일 테지요. 물론 짐작이기는 해도요. 그렇지만 나는 목사님들 주례 말처럼 신부는 남편을 순종하는 마음으로 섬기고, 신랑은 아내를 보물처럼 여기라는 식의 고고한 주례사가 아니라 나이에 걸맞게 주례를 그동안 섰다는 데 칭찬도 받은 주례자입니다, 그래서 목사님은 저를 망신시키려고 항변하려다 말았습니다. 그러면 그동안 했던 결혼식 주례사를 그대로 옮기면 다음과 같다.

"주례자는 먼저 신랑 이도령 군에게 묻겠습니다. 신부 성춘향 양에게 자유 증표인 은행 통장을 완전히 맡기겠습니까?"

"네."

"그러면 또 신부 성춘향 양에게 묻겠습니다. 신랑 이도령 군 덕에 살아간다는 마음으로 살아 주겠습니까?"

"네."

"그러면 신랑 이도령 군 집안과 신부 성춘향 양 집안의 원만한 합의로 이루어진 결혼이니 하나님 앞과 하객으로 자리해 주신 여러분과 세상 사람 모두에게 이 결혼식이 원만하게 이루어졌음을 주례자는 공포합니다."

이렇게 말이오.

김장배추 농사

나는 해마다 모조나 심던 두 마지기 정도의 밭에다 장사목적인 배추씨를 뿌린다. 그렇게 배추씨를 뿌린 건 너무도 부족한 식량을 돈으로 해결하자는 뜻에서 시작했다. 그런데 전에는 내리지 않던 비가 배추밭을 망가뜨린다. 야단이다. 그러나 빈 밭으로 둘 수는 없어 육십일 동안 키워야 하는 배추 씨앗을 다시 뿌리게 된다. 배추 씨앗을 다시 뿌리기에는 시기적으로 많이 늦었으나 날씨는 여간 좋아 배추는 만족스럽게 자란다.

그런데 날씨가 도와준 덕으로 잘 자란 배추가 느닷없는 폭설로 인해 망가지게 될 위기다. 또 걱정이다. 그러나 폭설은 미안했는지 곧 녹는다. 그래서 다행이 아닐 수 없다. 이제 잘 자란 배추를 돈으로 만들어야 한다. 배추를 돈으로 만들려면 시장에 내다 팔아야만 해서 이 배추를 어떻게 하나 걱정일 때, 오동리에 사는 강정연 친구가 내 밭을 어떻게 알고 왔는지 배추 장사꾼을 데리고 왔고, 배추 흥정도 밭떼기인

6만 원으로 했고, 화물 트럭에 실려 보내기까지 해 줬다. 그러니까 외상 거래인 것이다.

　외상 거래지만 잘 팔았다 생각하고 있는데, 갑자기 배춧값을 못 주겠다는 말을 한다. 이유는 손해를 봤기 때문이란다. 손해를 본 건 내가 아니라는 생각에 배추를 소개해 준 오동리 친구 집을 찾아가게 된다. 그것도 이른 새벽에. 시간 때문이겠지만 친구는 약간 놀라는 태도다. 그러나 나는 경찰서에 고발하러 가다 우선 자네에게 말하러 온 거라고 했다. 친구는 오늘만은 참으라고 했고, 결국은 해결이 됐다. 그래 손해를 봤다는 말을 인정한다 해도 나는 절박한 상황이라 도저히 그렇냐고 할 수는 없었다. 우리 배추로 손해를 봤다는 그대도 당시를 경험한 사실이 기억날지는 몰라도 건강이나 하시오.

시기를 놓친 열무 재배

광주로 이사를 하게 된 바람에 그동안의 밭을 벌 수가 없어 내놓게 되니, 밭이 팔릴 때까지 밭을 벌 사람 있으면 말하라고 해서 밭이 부족한 내가 그 밭을 얻게 된다. 그렇게 한 이유는 돈이 될 열무김치거리인 채소 씨앗을 뿌릴 계산을 했기 때문이다. 해마다 시기적으로 열무 값은 부르는 게 값이다. 그러나 문제는 열무 파종을 해도 될 적기 보리밭이 아니라 수확이 반달이나 늦을 밀밭이라는 게 문제다. 그렇다고 밭을 빌려 벌겠다고 말한 입장에서 아직도 익지 않은 밀 때문에 안 되겠다고 할 수도 없어 밀밭 정리가 될 때까지 기다렸다가 씨를 뿌리게 되고, 뿌려진 열무는 잘 자란다.

"광주를 다녀오는 길인데 열무값이 여간 좋은가 봐."

이장인 전형수 씨는 그리 말한다. 그러나 결국 적기를 놓쳐 버린 열무는 갈아엎어야만 해서 많이도 속상했다.

노총각 장가 문제

친구들은 장가들어 자식도 두어 학교를 보내기까지 하는데도 나는 아직도 총각이라는 무거운 짐을 짊어졌다. 그런 짐을 내려놓지를 못해 동네 여자들은 걱정되는 눈을 하는가 본데 나는 그런 눈치도 모르고 이 집, 저 집을 드나들던 어느 날, 교회 집사이기도 하신 박규열 이모가 찾아와 괜찮은 아가씨가 있으니 선 한번 보란다. 그렇지만 나는 장가를 안 갈 것이니 쓸데없는 말은 하지 말라고 딱 잡아뗀다. 그러나 박규열 이모는 쓸데없는 말 하지 말란다고 소개를 그만둘 분이 아니었는지, 다음날에는 아예 선을 보러 갈 채비를 하라고 닦달해서 하는 수 없다는 생각에 선 보러 셋째 고모 딸인 김춘자도 데리고 간다. 무려 광주까지 말이다. 당시 내 나이는 서른두 살, 아내 나이는 스물넷. 그러니까 여덟 살 차이로 내 나이는 노총각이고, 아내는 시대적으로 결혼 정년기였다. 아무튼 선은 처가 작은방에서 보게 됐다. 당사자 단둘이서 만나는 게 아니라 데리고 간 여동생 춘자와 같이. 어떻든 이젠 세월이 많이 지나 버린 기억이나, 지금 생각하면 나는 장가가 무엇인지조차 모르는 숫총각이었다.

　그래서든 일단은 선 보고 돌아오는데, 주선자인 박규열의 이모는
"보니까 어떠세요?" 하고 추궁하듯 묻는다. 그런데도 나는 집에 올 때
까지 입을 닫고 있었다. 그러고서 한 달 후쯤, '내 동생은 막내이지만
괜찮은 동생이어요.' 하고 짤막한 한 통의 편지가 지금의 처남에게서
날아온다. 그러나 나는 이렇다 저렇다 말할 처지가 못 된다는 듯 답장
도 안 했다. 그런데 우리 집으로 오려고 영광까지 왔다는 놀랄 소식을
전해 왔다. 생각해 보니 미안하기는 하나, 오지 말라는 소식을 원주
동생 심부름으로 전한다.

　그러고서 가을 추수가 시작되기 전 어느 날, 흙벽돌집이기는 하나 새
집을 짓기 위해 헌 목재라도 구하러 광주까지 가게 된다. 목재 구하러
광주까지 갔는데, 오지 말라고 하기는 했으나 저번에 선을 봤던 아가씨
가 너무도 궁금해 발걸음을 돌려 선 봤던 아가씨네 집으로 향하게 된
다. 마치 그것을 알고 있었던 듯 고모 사촌 여동생 남편이 보면서 씩
웃는다. 씩 웃는 건, '그러면 그렇지' 이런 의미였을 것이지만 말이다.
　그래서 어쨌든 결혼하기로 결론은 내렸으나, 문제는 주머니에는 실
반지 하나 사 줄 돈도 없다는 게 문제였다. 나 처가에서는 나를 충장
로 양복점으로 데리고 가더니 고급 양복을 코트까지 맞춰 입게 해 준
다. 그러나 그게 좋은 게 아니라, 나에게 너무 큰 부담으로 다가온다.

드디어 결혼식 날

집 형편상 색시를 맞이하는 게 좋아서는 아닐지라도 결혼식 날짜를 내일로 잡았기에 결혼식은 치러야만 한다. 그런데 작년 결혼식 주례에서 경험했던 대로 걸림돌이라 할 만한 건 신랑 신부가 세례를 받았다는 증명서다. 그러니까 결혼식 주례 목사님은 세례받았다는 증명서를 제출해야만 결혼식 주례를 서 줄 수 있단다.

그러니까 신부 세례는 섬기는 교회로부터 받았으나 나는 어느 목사님으로부터 세례를 받았는지 몰라 일단은 염산교회 목사님을 찾아가 자초지종을 말하니 세례를 받았다는 증명서를 발급해 준다. 장가들기 위한 거짓말일지라도 세례 증명서를 발급해 주셨을 것으로 인해 감사하다.

새날이 밝았다. 그동안의 총각 딱지를 떼게 될 날이 드디어 온 것이다. 그러나 장남 결혼식이라 당연히 따라가셔야 할 부모님도 따라가지 못하시고 오직 신랑 혼자라는데, 많이도 슬펐다. 남들 결혼식 주례도

서 준 입장에서 말이다. 아무튼, 어느 가정이든 장가를 들게 되면 부모님이 따라가는 건 당연할 뿐더러 통 빚내서라도 신부 옷감이 담긴 함은 반드시 준비해 주는 게 맞을 것이나 그런 함도 없다.

그러나 결혼식 주례는 신부가 섬기는 교회 담임 목사님으로 인해 해결이 됐다. 그렇지만 신랑 쪽 가족이란 동생뻘 되는 교회 친구들 다섯 명과 막내 작은아버지 한 분뿐이라 너무도 초라했다.

그랬기에 신랑이라는 입장은 너무도 창피했다. 그러니까 처가는 해남에서도 이름 있는 집안이라 손님도 많아 하룻밤 묵어 갈 손님들도 있었고, 신랑이 가지고 온 함(函) 구경 좀 시켜 달란다. 함 구경시켜 달라는 말은 당연히 신부 측에게 하는 말이겠지만, 함은커녕 빈 몸으로 장가간 내게 하는 말 같다는 생각에 하지 말아야 할 말까지 쏘아붙인 것이다.

그건 그렇고, 신부는 시부모님이라는 분이 어떤 분인지 얼굴조차도 못 뵌 상태로 결혼하는 것이 됐다. 일단 시집에 가서 뵈겠다는 맘일 것이나. 신랑인 나는 새색시를 택시로 데리고 온다.

택시 두 대를 이용하게 되는데, 택시 한 대는 처남과 두 분의 처형 내외이고, 택시 한 대는 신랑, 신부다. 그래서 가게 되는 시집이 초행길이기도 하지만, 신랑, 신부 택시가 앞장서게 되는데, 스치는 들녘은 신랑인 내가 봐도 넉넉하지 못한 들녘 아닌가. 이유는 우리 논이 없어서다.

아무튼 신랑이 색시를 데리고 온다면 당연히 즐거워야 해야 할 것이나, 내 맘은 그렇지를 못했다. 우리 집 가난은 그 무엇으로도 감출 수도 없어서다. 창피했다.

그런 창피한 사실이 눈앞으로 나타나 둘째 처형은 집에 도착하자마자 슬피도 울어 댄다. 울고 싶어도 좀 참았다가 되돌아가면서 우는 게 맞겠지만, 그게 아니었다.

지금이야 세월이 그만큼 흘러 무뎌졌을 테지만, 처형이 그리도 울었던 건 내 동생을 너무도 가난한 집으로 시집보낸다는 것에 대한 일말의 서운함 때문이었을 것이다. 그렇지만 너무도 슬피 우는 처형의 모습은 신랑인 내 맘을 너무도 불편하게 했다는 기억이 난다.

아무튼 비록 노총각이기는 해도 장가든다는 소문이 멀리까지 나면 지인들은 많이 올 수도 있겠으나, 동네 사람도 모를 정도로 조용히 든 장가라 찾아온 손님이라고는 오로지 동네 주민 몇 사람뿐이다. 그래서 많은 손님까지는 못 되나, 노총각 장가라는데 모두 다행이라는 눈빛들이었고, 잔칫상으로 마련된 건 농촌에서는 어렵지 않게 마실 수 있는 막걸리와 떡국뿐이었다.

그런 잔칫상 중에서 정정봉 친구 아내는 오로지 콩나물만 집어 먹는 게 신랑인 내 눈에 들어와 얼마나 미안했는지 모른다. 결혼 잔칫상엔 반드시 올려져야 할 게 돼지고기일진대, 그런 돼지고기는 못 돼도 생태만이라도 먹게 해 주어야 하는 건데 말이다.

빌린 돈과 빌려 달라는 돈

노총각 장가드는 잔칫상이라고 하나, 미안할 정도로 치워지고 신부는 잠자리에 들 준비를 취한다. 그런데도 돈 빌려준 김승배 씨 아내는 내가 장가들기만을 기다렸다는 듯 빌려간 돈을 내놓으라 하고, 노름꾼은 노름 돈도 좀 빌려 달란다. 그러나 신부는 돈이 없다고 말한다. 그렇지만 노름꾼은 빌린 돈 내일 아침에 꼭 갚겠으니 빌려 달라고 애걸복걸이다. 그렇지만 신부는 생판 모르는 옥실리까지 시집을 택시로 두 시간 넘게 오느라 피곤하기도 해서 눕고 싶어 문을 닫으려 해도, 빌려 간 돈 내놓으라는 쪽과 노름꾼 쪽은 닫으려는 문까지 붙들며 애걸복걸이다. 그러나 신랑인 나는 무슨 짓들이냐고 말도 못 하고 바라만 본다. 총각 때는 호통치기도 했는데, 아무튼 인간 사회는 돈 빌리고 돈 빌려주는 구조로 되어 있기는 해도 그렇지, 새색시는 가져온 짐을 아직 풀지도 않았는데 당장 돈 내놓으라는 건 너무한 짓들 아닌가.

주일 학생 전도

농한기는 어린이 전도하기 좋은 계절이라고 말해도 될지 몰라도 나는 신앙인으로서 친구도 없이 그냥 놀기만 하는 아이들이 눈에 들어오기 시작했다. 그래서 이웃 동네까지 찾아가 우선 부모를 만나 이런저런 얘기 끝에 아들을 주일날 교회에 데리고 가겠다고 말하니, 부모는 그러라고 한다. 데리고 가라고 허락한 이유는 내가 비록 농촌 사람이기는 해도 모범 청년으로 보였기 때문일 것이다. 그런데 문제는 교회 운영 시스템상 어린이 전도는 관심조차 없어서겠지만, 주일 학교 교사들조차 너는 집이 어디냐고 묻지도 않았다. 그래서 좀 아니다 싶었으나 어린이 전도는 계속되었고, 주일날에는 전도한 아이들을 데리러 가야만 해서 주일 아침은 자동 금식이었고, 무슨 말을 썼는지는 몰라도 애들에게 편지를 한 달에 한 번씩은 꼭 썼나 싶고, 고향 떠나서도 썼다. 편지 내용은 '너희들에게 아무 말도 없이 떠나버려 미안하나, 앞으로 교회에 큰 일꾼이 되길 바란다' 아마 이런 내용을 썼을 것이다.

그런데 주일 학생들이 내는 헌금은 내가 따로 관리했고, 성탄절 선물도 내가 알아서 준비해야만 하고, 마침 내일은 성탄절이라 도매상이기도 한 대형 문방구점에서 노트 등을 사고 대금을 치르려 돈지갑을 찾으니, 돈지갑이 어디로 갔는지 없다. 그래서 너무도 황당할 뿐만 아니라 당장 내일이 성탄절인데 어떻게 할지 고민이라 처가에 말하니, 처가는 돈을 어디서 구했는지 문방구에 낼 값을 주어서 해결했다. 그래서 말인데, 주일 학생들 헌금이든 장년부 헌금이든 교회 재정 관리자는 그 책임이 막중함을 성도들께서는 인정해 주어야 한다.

정부로부터 속은 마음

나는 영광군 수리조합 상금도 걸린 퇴비 증산을 도전해 보고 싶은 맘에 우선 친척 같은 영광군 수리조합장인 최기복 고모부를 만나게 된다. 그래서 퇴비 증산에 105가구 모두가 동원까지 많은 풀을 베다가 퇴비를, 그러니까, 물이 없는 동네 저수지 위쪽에다 쌓아 놓고, 우리 군에서는 일등일지 확인도 해야만 해서 이장 정종만 씨와 영광군 곳곳을 돌아다니게 된다. 물론 자전거로. 그래서 퇴비 증산 조사팀이 조사해 간다. 조사해 갔으니 이젠 됐다 싶어 좋은 소식만을 기다리는 마음을 정부는 속인 것이다. 그래서 나는 동네 주민분들 뵙기가 미안하다 못해 부끄럽기까지 했다. 사실로 만들어 줄줄 굳게 믿고 열심히 진행했던 나를 속였나 싶은 마음은 수리조합장까지 갔다. 그렇지만 퇴비를 그대로 쌓아 놓기에는 물을 가두면 물에 잠길 저수지라 쌓아 둔 퇴비를 팔게 된다. 그것도 현금이 아닌 퇴비로 농사지어 가을에 받기로 외상 말이다.

외상이기는 하나 큰돈도 아니기에 퇴비값을 못 받겠나 싶어 이장에게는 절대 필요하다 할 수 있는 확성기를 살 돈을 아가씨인 한숙례로부터 마련하게 된다. 그것을 알게 된 강운창은 화를 버럭 낸다. 그래서 나는 퇴비를 판 돈을 나누어 줄 수 없어 확성기를 산 거니 이해해 달라 했다.

그래서 퇴비값만이라도 받았다면 덜 속상하겠는데, 퇴비를 반이나 가져간 정종철 씨는 퇴비값 못 주게 되어 미안하다는 말도 없다. 확성기값은 한숙례 아가씨에게 빌린 돈이니 갚아야 한다고 말은 여러 차례 했으나, 결국은 끝까지 갚지 않은 바람에 나는 빚쟁이가 되고 만 것이다.

그런 사실을 모르신 아버지는 내 아들이 괜찮은 일도 한다는 생각을 하셨는지 뿌듯해하시는 눈치였다. 그러니까 아버지는 내 아들이 동네 길 넓히기까지의 일등으로 하셨기에 좋았을 것이다.

신영이를 잃을 뻔했다

누구나 그렇듯 낳은 자식을 건강하게 키워 내기는 만만치 않을 것이지만, 하마터면 잃을 뻔했던 신영이에 대한 얘기다. 처조카 박규열의 초등학교 졸업식을 보기 위해 아내도 따라간다. 물론 아직 아기인 신영이를 들추어 업고 말이다. 박규열의 졸업식날은 몹시도 추웠다. 그러나 신영이는 아직 아기라 춥다는 말도 못 하고 엄마 등에서 얼어 버린 것이다.

가족들은 신영이가 엄마 등에서 얼어 버린 것도 모르고 따뜻한 방에다만 눕힌다. 그런데 신영이는 한밤중은 아니나 급성폐렴에 걸려 위태로운 상황에 이르게 돼 병원으로 달려간다. 신영이는 숨이 꺼질 지경이다. 의사는 "오늘 밤을 넘겨 봐야 알 것 같습니다."라고 말했는데, 이 말은 곧 죽겠다는 말이다. 그러니까 살릴 생각은 말라는 것이다.

신영이가 그런 상태임에도 잠은 잘 잤을 것이다. 미안하지만 아빠인 나도 그랬으니까. 그런데 아침이 되어 일어나 살피니 죽은 게 아니라 숨도 정상적으로 쉬고 있지 않은가. 그래서 온 식구는 '천만다행이다' 했을 것이다. 그런 점에서 해 두고 싶은 말은, 나이가 열두 살에 이르기까지는 보호 대상임을 부모는 숙지해 둘 필요가 있다는 것이다. 암튼 내게 신영이가 없었으면 어쩔 뻔했나 싶기도 하다.

고기잡이 덤 장

나는 보훈청으로부터 사업지원 자금으로 오십만 원까지 보조해 준다는 말을 이찬식 씨로부터 듣게 된다. 이찬식 씨도 나처럼 보훈대상자라 받게 될 사업지원 자금을 어디에다 투자할지를 말하게 되고, 나또한 이찬식 씨처럼 하겠다고 했지만 내가 처한 지금의 건강으로는 전혀 아닌 덤 장으로 고기를 잡아 소득을 올리고자 하게 됐다. 그러니까덤 장이란, 바다 한 가운데 그물을 치고 고기 잡는 원시 방법이다.

아무튼 보훈청으로부터 받게 된 사업자금을 투자할 다른 방법은 없어 덤 장 방법을 시작하게 된다. 그러나 물에 들어갈 수도 없는 장애이기에 동생 뻘인 김민술에게 대신하게 한다. 대신 그날의 소득을 나누는 방식을 취했다. 그러나 소득을 나누는 방식이 아니어도 손해가기다리고 있는 고기잡이였기에 곧 때려치우게 된다.

고향을 떠나며 인사말

그리도 어려웠던 지난 일들은 기억이 될 것이나 다가올 일들은 알수 없는 게 인생살이가 아니겠는가. 그래서 어느 날은 서울로 가신 김상배 씨가 찾아와 교회 사찰로 갈 생각은 없느냐고 묻기에, 가난만은 벗어날 수도 있는 얘기라서 다른 말은 물을 필요도 없이 가겠다고 했다. 그러니까 인석이가 걸음마를 시작할 때쯤이다. 그렇다는 얘기를 조성모 목사님에게 말씀드렸지만, 그래도 성도들에게도 고향을 떠나게 됐다는 말이라도 해야 할 것 같아 성도들에게 "예, 저는 고향을 떠나게 되었습니다."라고 소식을 전했다. 내가 그리 말하니 강석주 씨 모친은 눈물까지 보이시고, 조성모 목사님은 도시교회 사찰은 간단치가 않을 테니 그런 고생쯤은 각오하라고 하신다.

조성모 목사님이야 내가 교회에 필요한 집사이기도 한데 그런 생각까지는 아니실 것이다. 도시교회 사찰이 어렵다고 한들 현재보다 더어렵겠나 싶어 좋기만 했다면 불량한 심보라고 할까. 아무튼 할머니가 세상을 떠나셨기에 들어오게 된 부조금과 (여비 정도의 돈) 간단한 이부자리만 챙겨 서울행 버스를 타기 위해 우선 처가인 광주로 간다. 그렇게 가기는 했으나 돌도 아직인 인석이를 입원시켜야 할 만큼 심한 설사가 시작돼 오늘 가겠다는 말을 취소하고, 이틀 후에서야 가게 된다. 물론 신영이는 할머니가 돌보시도록 집에 두고 말이다. 그렇지만 어머니는 너무나도 귀여운 인석이도 서울로 데리고 가 버리는 게 슬프신지 물동이를 머리에다 올리시며 눈물까지 보이신다.

그래서 나중에 듣게 된 얘기이지만, 엄마 곁을 떠나서는 안 될 네 살짜리 신영이는 눈에 안 보이는 엄마 때문에 할머니가 달래기도 여간 어려우셨나 보다. 아이들 달래기가 어려운 건 신영만이 아니었을 것이다. 그러니까 어머니는 인석이 달래기도 신영처럼 어려웠을 것이다. 어머니가 그러셨음을 인석이는 알고나 있듯 할머니 죽음 앞에서 울었다.

성광교회 찾아가기

    성광교회 관리집사로 가겠다는 약속 다다음 날, 드디어 서울고속버스터미널에 내리게 된다. 내리기는 했으나, 어디가 어딘지 깜깜해 쌀 몇 됫박과 이부자리 등을 챙겨 들고 성광교회로 갈 용달차를 타게 된다. 그런데 용달차 기사도 서울은 처음인지 주소도 묻지 않고 무작정 넓은 길로만 내달린다. 한참을 달리다 생각해 보니 엉뚱한 길로 가고 있는가 싶은지 차를 세우고 복덕방에 들어가 성광교회가 어딘지 묻는다. 서울은 교회가 엄청 많아 복덕방 주인도 잘 모르겠단다. 그런데 서울에서 헤맬 것을 알고 미리 와 있었는지 중년 신사가 성광교회는 수출공단 내에 있다고 말해 준다.

    그래서 수출공단 바로 옆에 세워진 성광교회에 들어가니 김창명 목사님은 "왔나!" 하며 눈치를 줄 뿐인데 여자 관리집사는 지금까지 기다리고 있었다는 듯 여간 반긴다. 반긴 이유는 아마 교회 관리란 너무도 어려워 그만두고 싶어 김상배 씨에게 말했을 것이지만, 아무튼 그랬느냐고 묻지는 못했으나, 교회 관리집사로서 너무도 어려웠을 것이기 때문이다. 그러니까 둘이 들어도 힘들 정도의 무거운 화분을 하나가 아니라 여러 개를 밖에다 내다 놔야만 해서란다. 그것도 매일 말이다.

아무튼 관리집사가 거처할 방은 교회 건물 벽에다 임시로 만든 한 칸짜리 방이다. 물론 밥 끓여 먹을 수 있도록 연탄 부엌이 있기는 했다. 그러니까, 우리 부부는 시골 사람들의 선망의 대상인 서울 사람이 된 것이다.

성광교회 관리집사로서 당연히 해야 할 일은 십자가 표시등은 12시 정각에 소등하고, 찬송 녹음기는 새벽 4시 정각에 틀 것이며, 겨울엔 예배당이 훈훈하게 연탄불 피우기 등 해야 한다고 김창명 목사님은 그리 말씀하신다. 그래서 교회 관리집사로서 그 정도의 고생은 당연한 각오나, 문제는 정각에 어김없이 맞출 수 있을지다. 물론 자명종 시계를 두면 되겠지만 말이다.

성광교회 청년들 아침밥

성광교회에는 수출공단 근로자들뿐이라고 볼 수도 있다. 그래서 주일날은 수출공단 자체가 쉬게 돼 아침밥도 못 먹고 교회에 나오는 청년들 아침밥을 관리집사인 우리가 지어 주게 된다. 그래서 우리 부부는 청년들 밥도 얻어먹게 되는 셈이었다. 그런데 어느 날은 그게 아니라는 말을 듣게 된다. 그러니까, 사찰이 교회 밥을 왜 먹느냐는 것이다. 물론 보릿고개라는 시대적이기는 해도.

우리 부부는 연탄가스로 죽을 뻔했다

어느 날은 돌도 아직인 인석이가 심하게 울어 대고, 아내는 방문 열더니 밖으로 푹 쓰러지기까지 했다. 아내가 푹 쓰러진 게 연탄가스 중독 때문임을 곧 알게 되자 나는 병원으로 데리고 가려다 만다. 병원으로 가려다 만 이유는 상태를 살피니 치료비도 걱정일 뿐더러 위험한 것까지는 아닐 것 같아서다. 그런데 이상한 게, 아내는 푹 쓰러지기까지 했는데도 나는 아무렇지도 않았다. 그러다 방바닥을 살피니 방바닥이 쩍 갈라져 있지 않은가. 그래서 연탄가스만 못 올라오게 종이로 발라 놓았을 뿐이었다. 어떻든 인석이가 우리 부부를 살린 거다. 연탄가스가 방 안에 들어오면 아이는 반드시 운다고 하지 않는가.

그만둔 성광교회 관리직

성광교회는 개척교회라 해야 할 일도 없다. 그래서 빈둥빈둥 놀 수밖에 없는 처지임을 김상배 씨는 알고 설탕공장에 보내 주어 일하게 된다. 그러니까 성광교회 관리집사직도 유지하면서 말이다. 내가 서울에 올라온 이유는 성광교회 관리 집사직 때문이 아니라 밥을 벌어먹고자 해서인 것이다. 그래서든 무게만 30킬로그램이 되는, 자그마치 2천 개의 설탕 포대를 두 명이나 세 명이 들어 옮겨야만 해서 너무나도 힘들었다. 힘은 들어도 돈을 벌 수 있는 곳은 설탕공장뿐이라는 생각에 목사님께 교회 관리직을 그만두겠다는 말을 하고 다음 날, 성광교회에서 나오게 된다. 그러나 당장 누울 방도 없어 목수인 원주 동생일행들의 임시 숙소를 점령하게 된다.

나는 그렇게 이틀 밤 정도를 보내면서 곧 헐릴 월세방을 얻게 된다. (곧 헐릴지는 며칠 후에서야 알게 됐지만) 복덕방 운영자가 말하길, 이사 비용을 줄 테니 이삼일 내로 방을 비워 달란다. 그래서 봉천동 개천가에

위치한, 임시로 지은 무허가 방 한 칸을 얻게 된다. 무허가 집이기도 하지만, 밥 해 먹을 부엌도 없다. 그리고 화장실이 바로 옆이라서 똥 떨어지는 소리가 기분 나쁘다고 아내는 투덜거린다. 그러나 당장은 다른 방법이 없어 그대로 살고 있는데, 어떻게 알고들 찾아왔는지 사촌 동생들이 찾아오기도 했고, 그러던 과정에서 하마터면 돌이 막 지난 인석이를 잃게 될 뻔도 했다. 그러니까 돌이 막 지난 인석이가 출발하려는 버스 앞바퀴를 붙들고 있어서였다. 실수가 아니었기에 다행이나 정말 아찔했다. 그런데 인석이가 낮에는 잘 놀다가도 밤이면 심히 울어 대 이웃집 사람들도 미안할 때, 마침 원주 동생이 고향에 다녀와야 할 일이 생겼다고 해서 인석이를 딸려 보내게 된다. 인석이를 동생에게 딸려 보낸 이유는 형편상 떼 놓고 올 수밖에 없던 네 살짜리 신영이는 같이 놀아 줄 친구도 없이 혼자일 것 같고, 아버지와 어머니 또한 손자라 좋아하실 것 같아서였다. 그래서 인석이는 할머니가 잘해 주시는 덕에 엄마 없이도 잘 지낼 때쯤 찾아간 아내는 텃밭에서 김매시는 할머니 곁에 서 있는 인석이를 보니 너무도 반가운 나머지 "인석아~" 하고 불렀다. 하지만 인석이는 모르는 아줌마가 부르는 줄 알았는지 멀뚱하게 서 있기에 인석이 너는 엄마도 몰라보는가 싶어 서운했고, 너무 늦게 왔나 해서 미안하기도 했단다.

점심을 생라면으로 해결했다

백설탕을 만들려면 원당을 물에 녹여만 해서 한겨울에도 반바지 차림이어야 한다. 그러나 내게 반바지 차림은 언감생심이다. 그러니까 겨울 신발로 신으라고 길홍이 동생이 제작해 준 신발만 신어야 했기에 땀띠는 온몸을 물론이고 손등까지 뒤덮었다.

그러나 땀띠만으로 다가 아니다. 부상한 발이 너무나 불편하다 보니 티눈까지 심해진다. 그래서 점심을 먹으러 가기도 너무 어려워 (2백여 미터 거리) 점심은 라면으로 때울 생각으로 생라면 두 개를 사 왔고. 그런 생라면을 과자 먹듯 먹는다. 생라면이기는 해도 뱃속에 들어가면 불어 식량이 될 것이라는 나름의 계산인 것이다. 다 지난 기억이기는 하나, 정말 멍청이었다. 멍청이라는 걸 나중에 알게 된 일이지만, 생라면이 배부르게 하는 식량이 아니라 입만 즐겁게 하는 과자였을 뿐이었다. 아무튼 그랬기에 힘이 완전히 소진된 바람에 설탕 포대를 들 수가 없다가 밥 먹고 나니 그때야 비로소 소진된 힘이 정상적으로 돌아왔다. 지금 같으면 도시락이면 될 건데. 아무튼, 다 지난 일지만 설탕공장에서는 그랬다.

우리 엄마는 맨날 풀만 사 와요

나는 설탕공장에서 일하는 동안 영오 동생이 프레스에 의해 손이 잘려 나간 사실을 접하게 된다. 그러니까 회사 동료가 찾아와 울면서 말하길 손이 잘려 나갔다는 소식을 듣게 되자, 머리끝이 하늘로 솟구침을 느끼게 된다. 병원으로 달려가 부상 정도를 확인하니 영오 동생은 건강한 손을 내보이면서 이 손은 멀쩡하다면서 되레 위로한다. 그러나 아내는 보호자가 되어 주어야만 해서 인천으로 이사하기 위해 거처할 만한 방을 얻고자 무허가의 허름한 집을 보기도 했다. 그렇게 거처를 얻어 놓고 사당동교회 강상삼 목사님께 말씀드리고 이사를 하게 된다. 이사라고 해 봤자 잠이 용달차 반도 안 되지만, 이사를 부개동으로 하게 된다.

그런데 총각인 영오 동생과 함께해야만 해서 한 집에 방 두 개를 얻어 살게 된다. 그러나 불편함을 이루 다 말할 수 없다. 많이 쓸 필요도 없는 수돗물도 집주인 허락 덕에 많이 쓸 수 있었다. 그게 도시 사람들 인심인가 보다 했다. 그런데 신영이는 "우리 엄마는 맨날 풀만 사와요."라고 말했다. 그래서 속상했으나, 넉넉하게 살아 본 기억이 없어 미안하다는 말도 안 했다.

인석이 세발자전거

인석이 세발자전거 사 줄 형편이 못 되는데, 무슨 돈으로 사 주었는지 아직도 그런 기억이 없으나, 아니었기에 천만다행이지만 인석이는 대형 트럭에 치일 뻔하기도 했다. 위험한 도로도 아닌 바로 문 앞에서 말이다. 그래서 세발자전거가 고물도 못 되게 왕창 부서졌기에 트럭 기사에게 변상하라고 말해도 될 건데, 나는 그렇지를 못했으나 트럭 기사는 미안하다는 말도 없이 아이를 함부로 놀게 하면 어떻게 하느냐고 야단만 치고 곧 가 버린다. 그래서 도시란 어떤 곳이며, 신고는 또 어떻게 하는 건지도 모르는 완전 바보였다는 게 오늘에서야 생각이 난다. 물론 당시 사회적 상황으로 인해 모두가 그랬으니까. 아무튼 지금은 괜찮은 남편으로, 좋은 아버지로 지내고 있어서 마음은 놓이나. 당부의 말을 하자면 열두 살까지는 어린이다.

설탕공장에서의 해고비

나는 그동안 잘 다니던 설탕공장을 그만두어야 할 처지로 내몰리는 말을 듣게 된다. 그러니까 총무과 직원이 '여러분은 내일부턴 회사에 나오지 않아도 된다'는 느닷없는 말을 한다.

"그러면 해고비는 어떻게 되는 거요?"

13명 중 서로가 통성명이 없어 누구인지는 몰라도 뒤쪽 사람이 그리 말한다. 아니, 애초에 해고비란 무엇인지 궁금하기도 하다. 일하기 너무나도 힘든 설탕공장이기는 하나, 그런 설탕공장마저도 못 다니게 돼 다른 직장 구할 때까지는 집에만 있을 수밖에 없어 다음날에 구로구 독산동에 있다는 근로복지 공단을 찾아가 사실을 말하니, 과장인 듯한 사람이 두꺼운 책 한 권을 가지고 나와 펼치면서 "해고비 달라고 해도 되겠네요. 그러니 해고비 달라고 하세요." 그리 말하지 않는가. 그래서 나는 해고당한 독립산업에 찾아가니 총무과장은 대뜸 하는 말이 "한동네 사람이 근무하는 줄 알면서까지 회사 고발이라니요?"란다. 그래서 내가 '회사 고발이라니요. 말도 안 되죠.'라고 했다. 물론 마음속으로. 아무튼 나는 해고비 때문에 온 거지. 나로서 느닷없는 총무과장의 말은 몽니처럼 느껴지지 않을 수 있겠는가.

그러니까 해고비란 뭔지를 조금 설명하면, 그동안의 근로자를 그만두게 하려면 다른 직장 구할 때까지만이라도 시간을 주어야 함에도 그럴 시간도 안 주고 내보내면 안 된다는 이유로 주는 게 해고비다. 이유야 어떻든 해고비 주라는 근로복지공단 전화가 있었던 건지 총무과장은 미리 준비한 해고비 봉투를 어쩔 수 없어 주게 된다는 눈빛이다.

독립산업 총무과장이 말한 한동네 사람이란 누구냐면, 고향에서 이장일 때 알게 된 연화저수지 윗동네 사람, 은태권 씨 동생이다. 은태권 씨는 비록 시골 사람이기는 해도, 사회활동은 도시 사람처럼 했다.

그래서 은태권 씨는 나를 괜찮은 청년으로 인정도 해 주던 그런 사람이고, 나 또한 은태권 씨를 좋아했다. 독립산업 총무과에 근무 중인 은태권 씨 동생도 그렇겠지만 말이다. 아무튼 은태권 씨 동생을 알게 된 건 군남면 농촌지도소에 근무하던 때였다. 은태권 씨 동생이 어떻게 독립산업 총무과 직원이 됐는지는 모르겠으나, 아마 독립산업 사장인 김재식 씨가 심었을 것이다. 그러니까 독립산업 사장 김재식 씨는 그동안 전남 도지사였고, 은태권 씨는 김재식 도지사 비서였기 때문이다.

아무튼 독립산업은 개인 기업이 아니라 국가 기업이기에 김재식 사장은 회삿돈은 본인 돈처럼 여겼던 것인지 독립산업 사장직 임기가 끝나게 되면 국회의원이 되기 위해 표를 미리 확보하고자, 심지어 노동자뿐인 사람까지 고향으로 내려보내게 될지도 모른다는 소식을 듣게 된다.

그러니까 독립산업 김재식 사장이 그렇게 한 데에는 그럴 만한 이유가 있을 것으로 설명하자면, 독립산업 김재식 사장이 전라남도 도지사일 때 은태권 씨를 비서관으로 세웠고, 은태권 씨는 나를 괜찮은 청년으로 봤던 게 아닌가. 그래서 짐작뿐이기는 하나, 내가 새마을운동지도자 대통령 표창도, 결혼식 주례도 서 주었음을 알고 있기 때문일 것이다.

아무튼 독립산업 총무과 직원은 동네 사람은 아니나, 고향 사람이기는 해서 여간 반가웠다. (이름은 모른다) 그래서 나는 단순히 해고비를 받고자 한 것일 뿐 다른 의도가 있겠는가마는 총무과 직원에게는 의도하지 않게 피해를 주었나 싶어 총무과장이 안 보이는 쪽으로 불러 내 미안하다면서 총무과장에게 밥 한번 사 주라는 돈을 주려는데, 절대 아니라고 한다. 그렇지만 이미 꺼낸 돈 주어 버렸다. 그러니까 노력 대금으로 받은 돈이 아니기는 해도, 당연히 내 돈이지만 생각지도 못한 공돈 같은 느낌이기도 해서였다. 지금 생각하면 당시 내가 처한 삶의 형편은 도둑질만 말고는 무슨 짓이든 못 할 짓이 없다는 절박한 상황이었다.

여의도 아파트 경비직

설탕공장을 못 다니게 됐으니 밥 벌어먹을 수 있는 직장을 찾아야만 해서, 내가 처한 건강으로는 어림도 없을 연탄공장도 가 봤다. 그러나 샤워가 자유롭지 못할 것 같아 결국은 취직시켜 달라고 보훈청에 찾아가게 된다. 보훈청 직원은 마땅한 직장이 없으니 여의도 아파트 경비직을 찾아가 보란다. 그래서 여의도 아파트 경비직을 맡게 되지만, 경비 수칙도 모른 채 근무를 하게 된다. 경비 근무 선배의 말로는 이 아파트는 검사 마누라가 반장이니 그런 줄로 알고 근무를 서란다. 아파트 반장이 검사 마누라라는 말을 들으니, 긴장감이 든다. 아무튼 그런 긴장 상태로 근무 중인데, 사십 대로 보이는 여자가 나를 빤히 보더니 하는 말이 "경비가 젊은 분이시네요." 하지 않는가.

그러나 아파트 경비 근무는 이틀 만에 그만두고, 보훈청에 다시 찾아가 회사를 소개해 달라고 조르게 된다. 그러나 보훈청 직원은 어렵게 구해 준 직장을 그만두면 어떻게 하느냐고 핀잔이다. 그런 핀잔은 한 귀로 듣고 멍청이처럼 서 있는데, 그것을 본 직원은 그러면 대륙제관으로 가라면 가겠느냐고 묻는다. 그래서 나는 "대륙제관이 회산가요?" 그리 물으니, "대륙제관은 영등포 양평동에 있는데, 우리 보훈청이 보내 준 사람이 있는데, 이름은 이장숙이요. 그분은 아마 총무과에 있을 거요. 그러니 잘 말해 보시오."라고 말하기에 대륙제관 경비로 근무하게 된 것이다. 그렇지만 경비 근무가 생각보다 매우 어렵다는 걸 알게 된다. 나의 삶이 비록 거지꼴이기는 해도 결혼식 주례도 서 봤고, 자존심만은 강했다. 자존심이 강한 이유는 새마을운동 박정희 대통령 표창장을 받는 등 마을에서는 인정도 받으며 자랐다는 게 그 이유다. 그러나 나는 가난뱅이 처지라 밥 벌어먹으려면 어쩔 수 없다는 생각으로 근무했다.

총무과장에게 무시당한 일

좋은 일자리가 못 되는 회사 경비 일자리이기는 하나, 내가 살아갈 일터라고는 매우 어려울 것 같은 회사 경비 일자리다. 그런데 날뛰는 짐승 붙들기는 여간 어렵듯, 노조원이 옆 가게 잠깐 다녀올 테니 허락해 달란다. 그러나 퇴근 때까지는 회사 지시가 없는 한 누구도 정문 밖으로 내보내지 말라는 게 김영남 총무부장 지시라 나는 지시대로 그 노조원을 가로막는다. 가로막지만 노조원은 (이름은 잊었다) 통사정을 한다. 다녀오라고 하기는 마음이 편치 않으나, 보는 사람이 없을 것 같아 눈감아 준다는 마음으로 다녀오게 했다.

그런데 김영남 부장은 어디서 봤는지, "경비를 그렇게 멍텅구리처럼 서면 안 되니 똑바로 서." 그리 말하고는 가 버린다. 그래서 나는 멍텅구리처럼 서지 말라는 김영남 부장 말이 마음에 걸려 잠까지 설친 다음 근무 날, "부장님이 어제 제게 멍텅구리라고 하신 말씀은 제 마음에 걸립니다." 내가 그리 말하니 김영남 부장은 "내 말이 고깝게 들렸다면 사과하네." 그러더니 곧 가 버린다.

김영남 부장은 그런 일이 있고 나서부터는 부장이지만, 누구에게든 조심스러워했다. 이런 일로 자랑할 건 못 되지만, 직위 높은 사람에게 굽실은 영혼을 팔아먹는 처사라는 생각이 든다. 그래서 하는 말인데, 할 말이 있으면 누구의 눈치를 보거나 두려워하지 말고 당당해라. 인간성과 신용은 당당함에서 나오고, 그래야 인정받는다는 것을 내일의 희망이 꿈인 젊은이들은 한시도 잊지 말아야 한다.

인우보증서

회사 운영 목적은 돈을 많이 벌자는 데 있다. 그러나 바람막이가 (정치적) 절대 필요해서 대륙제관도 전직 경찰서장을 사외이사로 두게 되고, 그런 입김으로 한 사람을 경리사원으로 채용하게 된다. 그러니까 경력까지는 모르나, 연세대학교에서 경영학을 전공했다는 사람을 영업사원으로 입사시킨 것이 회사로써 큰 잘못이었다.

그 영업사원은 거래처로부터 수금한 돈을 경리부에다 내놓지 않고 종적을 감춘 것이다. 그것도 회삿돈의 전부라고 말해도 될 만큼 큰돈이다. 창업주로서는 상상도 못 할 일이 벌어지고 말았다는 생각에 회사 운영을 포기할까도 생각했으나, 월급날만 목 빼고 기다리는 사원들 때문에 이자가 엄청 높은 고리대금까지 빌렸단다. (사실임을 나도 인정한다)

대륙제관이 그런 안 좋은 일이 있고 나서부터는 경비들도 인후 보증으로 세 명을 세우라지 않는가. 인후 보증이란, 회사에 손해를 끼치게 될 경우를 대비한 재산 담보다. 그래서 나는 봉천동 김영곤 외숙이 서 주기로 했으나, 나머지는 캄캄하다. 그러니까 회사는 언제까지 내라는 말을 통지하니 난감해서 하는 수 없이 처고모부를 찾아가게 되고, 처고모부는 알았다는 말씀이나, 그런 얘기를 옆에서 듣던 처고모는 안 된다고 한다. 그러나 인우보증서에 있어 알았다고 말한 처고모부로부터 인간적 신임을 얻었다고 해야 할까.

그런 얘기를 더 하자면 신용섭 친구가 말하길, 고향으로 다시 내려오라는 것이다. 다시 내려오라고 하는 이유는 국민학교 급사로 근무하게 되면 월급도, 퇴직금도, 연금까지도 교사들과 차이가 없다는 것이다. 그러니까 보훈청에서 심어 주는 급사 자리다.

고향 친구가 말한 급사 얘기를 처고모부에게 말하니, 처고모부는 틀린 말은 아니기는 하나 그동안 경험한 대로 말하면 급사는 선생들 심부름꾼으로 전락하게 될 것이니 기왕 서울로 온 거 내려가지 말고, 아무리 어렵더라도 참아 보라면서 요구한 인우보증서는 물론이고 점심까지도 사 주신다. 따지자면 보훈대상자는 인우보증서가 필요없었는데도 말이다.

쉽지 않은 경비직

회사 경비 근무는 따로 교육을 받지 않았어도 되는 일이기는 하나, 회사 움직임을 잘 살펴야만 해서 일단은 야간 근무부터 시작했다. 야간 근무자를 따로 세우지는 않았으나, 선임 경비들의 텃세는 상당했다. 그런 애기를 하자면, 근무한 지 약 3개월이 지난 즈음에 회사에 도둑이 든 것이다. 그러니까 현금 5백만 원을 도둑맞은 것이다. (3만 불시대로는 3천만 원쯤) 도둑맞은 날 근무자는 세 명으로, 사장은 한 명씩 따로 불러 과거에는 무슨 일을 했으며 등등 캐물어 나는 졸지에 범인이 된 것이다.

회삿돈을 도둑맞은 날 밤, 경비 근무자 두 명은 억울하다는 표정이나 나는 이건 아니다 싶어 사장실 문을 연다. 그런데 회삿돈 도둑맞은 문제로 전무를 포함한 이사진들까지 모두 모여 있지 않은가. 그런 분위기 속 상황인데 감히 경비라는 작자가 느닷없이 들어가니 모두 깜짝 놀라지 않을 수 있겠는가. 그러나 나는 사장을 향해 "오늘은 다른 날도 아니고 우리에게는 보훈의 날입니다." 하고 울먹이듯 말하니 사장은 나를 행패 부리는 경비로 봤는지 겁먹은 표정으로 벌떡 일어나 "아니야." 하시지 않는가. 그러니까 들은 얘기지만, 얼마 전에 있었던 일로 전라도 출신인 총무과 직원이 죄 없는 책상을 뒤집는 행패까지 봐서일 것이다.

그러니까 내 말은, 마음이 편치 못한 사람을 왜 도둑놈 취급 하느냐는 것이다. 사장 동생 박덕흠 이사가 들어오면서 이 장면을 보고서, 물론 사장이기도 하지만, '형님에게 경비란 작자가 감히' 했을 것이다.

회삿돈 도둑은 합리적 의심을 하자면 아마 생산 제품 창고 직원이다. 그렇게 보는 이유는 그 직원은 출근하는 날이 아닌데 복잡한 시간대에 맞춰 창고에서 내려오더니 출근 카드를 찍고 곧 후다닥 올라가는 걸 봤기 때문이다. 그러나 홍길동(가명)을 조사해 보라고 말까지는 못 했다.

회삿돈 도둑맞은 일에 있어 설명을 더하자면 크지 않은 회사라 돈을 관리할 경리사원은 단 한 명뿐인 데다, 대륙제관 생산 제품이 국가로부터 인정받아야 할 이른바 KS마크를 획득하고자 관련 부서 직원들은 밤늦게까지 매달렸고, 퇴근 안 한 다른 부서 직원들도 구경차 수시로 들락거렸다. 뿐만 아니라 경비인 나 또한 그랬다. 그런데 KS마크 획득 작업 장소가 마땅치 않아, 물론 돈을 보관하는 경리실이기는 하나, 경리 직원은 괜찮으리라 생각했겠지만, 많다면 많은 돈뭉치를 옆에 있는 금고가 아닌 책상 서랍에 둔 것이 결과적으로 회삿돈이 도난당하는 데에 크게 작용한 것 같다.

그러나 돈은 먼저 본 사람 것일 수도 있듯, 경리 직원이 휴일 다음날 출근해 책상을 열어 보니 있어야 할 돈뭉치가 흔적도 없이 사라진 것이다. 그래서 돈이 없어졌다는 말을 사장님께 보고하게 되고, 경찰서에다도 신고하게 된다. 그러나 범인은 누구인지 알 길이 없어 사장은 가장 먼저 밤새워 근무한 경비들을 추궁한다. 그래서 나는 경리를 조용한 지하 식당으로 불러 수백만 원의 현금 뭉치를 보관해 둘 금고가 엄연히 있음에도 왜 책상 서랍에 두었냐고 했다.

당시 경리직원도 기억할지 몰라도, 나는 '대륙제관을 그만둘까' 그런 생각도 했다. 그러나 그런 일로 그만두게 되면 아닌 오해 살 수도 있고, 24년여를 근무하며 창업주로부터 칭찬도 받았기에 더 곤란했다.

아무튼 회장 동생이기도 한 박덕흠 이사는 그런 이유로 나를 쫓아낼 궁리를 한 듯, 전화에서 내 목소리가 들리면 다른 경비로 바꾸라고 했다. 그러기를 반년 넘도록 했을 것이다. 그래서 맘 편치 못해 그만둘까 생각했으나, 그렇다고 갈 곳도 없었다. 있었다면 그만두었을지도 모른다. 그러나 내 형편으로는 어렵게 얻어진 경비 자리라 그만둘 수도 없어 죽는다는 마음으로 근무한다.

그렇게 근무하던 어느 날, 박덕흠 이사가 다가오더니 "내 회사를 따로 세우게 될 텐데, 같이 가자고 하면 따라가겠는가?" 느닷없이 그리 물어 왔다. 그래서 나는 "이사님이 가자고 하시면 따라갈게요." 했다. 그러니까 박덕흠 이사가 "가자고 하면 따라갈 건가?" 하고 물었다는 건 그동안 쌓였던 미운 마음이 풀린 것으로 봐야겠지만, 그렇게 되기까지는 사장 기사 김경길 씨 덕이 큰 것으로 본다. 그러니까 박덕흠 이사는 사장 승용차를 자주 이용하기에 나에 대한 말이 나왔을 것이기 때문이다.

아무튼 박덕흠 이사는 따로 공장을 세워도 될 만큼 거래처 확보도 해 놨으나, 생판 모르는 사람을 경비로 세울 수는 없었을 것이기에 내게 그런 말을 한 것일 것이다.

회사 경비는 어떤 직보다 중요할 수도 있기 때문이다. 상식적으로도 말이다. 창업주는 지금의 재산을 분배했었다. 그러나 재산 분배 생각을 취소하게 된 바람에 대류제관 회사는 서울을 벗어난 한참 먼 지역 아산에다 공장을 세웠다. 공사가 경비를 두지 않을 수 있게끔 설계된다는데, 직장을 잃게 될 게 고민이었다.

그러나 보훈청에서 심어 준 경비라 맘대로 해직을 시키지 못해 스스로 그만두게 하자는 의도일 것으로, 서대문구 마포 임시 본사 사무실 야간 근무를 시킨다. 그래서 다들 스스로 그만두었으나, 나는 그러지 않겠다는 생각에 충남 아산까지 내려가게 된다.

고향 헛간 재건축

고향 집에는 어머니만 계시기에 집 소식은 동생 같은 정동현 장로에게서 듣게 된다. 그런데 집 관리를 잘못한 탓이기는 하겠으나, 흙벽돌로 지은 헛간이 무너졌으니 어떻게 좀 해 보라는 소식이 들려온다. 그래서 이미 무너진 헛간은 헐어 버리고 튼튼한 시멘트 블록 헛간을 새로 지을 생각으로, 새마을 길 낼 때를 생각해 엉터리이지만 우선 설계도라도 만들려 했다. 비록 헛간이기는 해도 거기에 필요한 자재는 무엇이며, 숫자는 또 몇 개며, 거기에 투입될 돈은 얼마며, 경비 근무상 한 주간뿐이라는 시간 등을 생각하니 간단치가 않다. 그렇지만 반드시 해야만 하는 일이라 일단은 경비 근무 야간일 때를 맞춰 고향 집에 내려가게 된다.

물론 가족 모두를 데리고 말이다, 어머니는 내려온 우리를 보시고 반기시면서도 미안해하신다. 어떻든 뜻한 일 잠을 줄이면서까지 다 끝내고 집에 돌아와 생각해 보니 혼자만 내려가 집 고쳐 주는 업체에다 맡기면 될 일을 가족 모두까지 데리고 간 것은 한참 멍청한 짓이 아닐 수 없다. 그러나 나는 돈 버는 일만 생각했을 뿐 돈 주고 일을 시켜 본 적이 없어서 그랬다.

어쨌든 걱정했던 헛간 문제는 해결이 된 것이다. 그래서 어머니가 여간 고마워하신다. 자식한테 고마워하실 일이 아닌데도 말이다. 부모님 모시는 문제에 있어 이제야 드는 생각이지만, 나는 어머니를 잘 모셔야 할 장남이기도 하다. 그러니까 장남이면 어머니를 잘 모시는 게 당연할 것이나, 그러지를 못해 죄스럽다. 죄스럽기는 했으나, 홀로 계시는 둘째 고모랑 같이 조카들 집에도 가 보시게 하려고 아내와 의논까지 해 봤다.

고모는 여기서 자존심이 누구보다 강하시다. 자식의 도움도 좋아하지 않으신다.

그러나 나는 고모가 홀로 계시는 게 안타깝다는 생각에, 많지는 않으나 명절 때마다 정동현 장로를 통해 무엇이든 꼭 보내 드리기도 했다. 어느 날은 명란젓갈이 여간 맛나게 보여 보내 드렸더니 누가 보낸 줄 모르니 손대지 말라고 하시더란다. 나는 고모에게 여러 해를 걸쳐 그렇게 해 왔고, 목회자는 가족이 많아서는 안 된다는 성도들의 암묵적 압박의 이유도 있다는 걸 아는 나는 고모를 일주일간 모시기도 했다. 어떻든 부모님께 잘해 드리는 게 아니라 부모님의 걱정을 덜어 드리는 게 효이지 않겠는가 싶다.

생질 임용섭 취직

내가 비록 대륙제관 경비이기는 해도 회사에 필요한 인력 소개도 가능할 것 같은 그런 경비가 아닌가. 그래서든 국제고등학교 전기과를 갓 졸업한 생질 용섭이를 전기과에 심어 주기 위해 담당 과장에게 말하게 된다.

그러나 전기과 과장은 반갑지 않다는 태도라서 난감했으나, 그렇다고 그만둘 수는 없어 억지다 싶어도 심어 놓는다. 어쨌거나 다행이라 할까. 용섭이는 현장 아줌마들로부터 인기 만점이었다. 인기 만점인 이유는 나이도 한참 총각일 뿐더러 풍기는 인상도 태생적으로 밝아서다.

그 때문이라고 해야겠지만 전기가 고장이라도 나게 되면 다른 전공이 있어도 제품생산 라인 아줌마들은 용섭이만을 부르곤 한다는 것 같았다. 아직 중소기업이기는 해도 생질을 돈 버는 회사에 심어 주었다는 게 외삼촌으로서 할 일 했다는 흐뭇한 느낌이었다.

회사 물건 훔친 직원

대륙제관 회사가 캔을 만들려면 동선(銅線)이 필요하다. 그래서 동선이 납품으로 들어온다. 그런데 인쇄부 직원 박재명은 그런 동선을 돈으로 봤는지 담아 갈 자루까지 만들어 훔친다. 박재명 씨가 늘 그런다는 걸 나는 알게 되자 경비 근무자들에게 동선을 훔치는 박재명을 집으로 찾아가 덮치자고 제안한다. 그러나 그렇게 하고 대답뿐이었기에 나 혼자서라도 덮칠 생각으로 퇴근하는 박재명을 기다리고 있는데, 동선을 훔친 박재명은 친구이기도 한 자재과장과 나란히 걸어온다. 두툼한 외투 차림으로 말이다. 그래도 나는 박재명을 붙들었다.

"박 씨, 잠깐만요."

"왜요?"

"'왜요'가 아니라 잠깐만 나 따라와요."

그렇게 말하면서 누구도 못 볼, 많은 걸 쌓아 둔 창고 구석으로 박재명을 데리고 가 외투를 한번 벗어 보라고 한다. 그러나 동선을 훔친 박재명은 외투를 벗지 않으려고 한다. 그래서 나는 강제로 외투를 확

벗기니 훔친 동선 자루가 바닥에 툭 떨어지는 게 아닌가. 그래서 나는 툭 떨어진 동선 자루를 얼른 집어 드니 박재명은 벌벌 떨면서 다시는 안 훔칠 테니 이번만 용서해 달라면서 동선 주머니를 빼앗는다.

"그러면 제자리에 가져다 두고 내일부터는 출근하지 마세요."

나는 그랬다.

그러나 사실 박재명이 출근하고 말고는 회사 측이 알아 할 일이지 경비로서는 말도 안 되는 조치이지만, 아무튼 나는 그랬다. 자재과장은 이 사실을 어떻게 알았는지 경비실로 들어오더니 하는 말이, 박재명 씨를 출근하게 하잖다. 그래서 나는 말하길, "박 씨에게 출근하지 말라고는 했으나 나는 어디까지나 경비뿐이요." 그리 말하니 자재과장은 "박재명 씨 잘못은 내가 대신 사과할게요." 한다.

아무튼 그런 일이 있고서 다음 날, 회사 물건을 훔치려다 결국 경비인 내게 붙잡힌 박재명 씨는 아무 일도 없었다는 듯 출근 카드를 찍는다. 그러니까 미안했다는 표정도 없다는 것이다. 그런데 동료 경비들은 회사 물건을 훔친 게 박재명인 줄 알면서 손까지 붙들며 "아이고, 형님!" 그리들 한다. 만약 이 상황을 사장이 듣기만이라도 했다면 회사를 당장 그만두라고 했지 싶다. 아무튼 나는 놀랐고, 서울이란 눈은 떴음에도 코를 베어 가기도 한다는 말이 거짓이 아님을 알게 됐다.

윤숙이 탄생

우리 막내 윤숙이는 박인구 씨 집에 살 때 태어났다. 윤숙이가 태어나기 직전 만삭인 아내는 인석이를 데리고 산부인과에 가고자 부천시 소사동 성무로 21번길(새 주소) 원주 동생네 집에서 우선 머무르게 된다. 그러나 아내는 산통이 너무도 급한 나머지 날 밝기만을 기다릴 수 없었는지, 윤숙이가 태어나고 만다. 1980년 1월 10일 새벽에 일어난 일이다. 그런데 제수는 상훈이를 낳기는 했으나 태를 자를 줄 몰라 이 집, 저 집 문을 두드렸지만 대답이 없자, 결국은 태를 나름 잘랐다고 한다. 나는 근무 중에 그 소식을 듣고 곧 달려가니, 윤숙이 태는 어쩌지 못하고 그냥 둔 상태였다. 나는 윤숙이 아빠로서 태만이라도 치워 주어야 할 것 같아 쌓이고 쌓인 눈속에다 도둑처럼 파묻고 말았다. 윤숙이 태는 그랬기에 날이 풀리면 어떻게 됐을지 짐작할 수 있겠는가. 어떻든 세월도 그만큼 흘렀으니 이젠 너그러운 마음으로 봐주십시오.

인석이 화상

내 집이 없이 살아가는 처지들마다 한 해에 두 번씩 있는 이사를 나도 다녔는데, 전종하 집까지 가게 됐다. 그리고 아직 네 살뿐인 아들 인석이는 하마터면 부모 잘못으로 죽일 뻔했다. 그러니까 인석이는 펄펄 끓는 국솥을 뒤집어쓰게 한 것이다. 그나마 다행인 건 아버지인 내가 집에 있어 인석이 몸을 부엌의 싱크대로 데려가 수돗물로 식히고, 화상 정도를 보기 위해 입고 있던 활동복을 벗겨 보니 인석이 화상은 너무나도 심했다. 그래서 인석이를 동네 의원으로 데리고 의사에게 보여 주니 의사는 별도의 치료 방법이 없었는지 빨강 소독제만 발라 줄 뿐이다. 그렇다고 해서 큰 병원으로 데리고 가기도 사정이 어려워 보고만 있을 뿐인데, 전종하 집에서 우리처럼 세 들어 사는 아저씨가 찾아와서 말하길, 감자를 묵처럼 만들어 화상 부위에다 수시로 발라 주란다.

그게 정답인가 싶어 감자를 묵처럼 만들어 수시로 발라 주니 묵 같은 감자는 금방금방 마른다. 그러니까 아저씨 말한 화상 처방법은, 몸 열기를 식혀 주는 게 먼저라는 것이다. 아무튼 인석이 화상은 으깬 감자가 효과로 나타난 것인지 오랜 고생 없이 나았다. 아비로서 다행이다.

죽을 뻔한 아내 화상

인석이 화상이 으깬 감자로 낫게 되자, 이번엔 아내가 화상을 심각하게 입었다. 그러니까 집에는 부업거리도 없다는 생각이 들어 시작했겠지만, 어린이 장난감 만드는 공장에서 일하게 된다. 그런데 어린이 장난감이기는 해도 어른들도 아주 위험할 수 있는 화약으로 된 장난감을 만드는 공정이다. 그래서 누구든 조심해야 할 건 당연한 건데도 운전기사는 그것도 모르고 담배를 피우다 화재가 발생한 것이다.

설명하자면, 작업을 문 한참 안쪽에서 하던 중에 발생한 화재라 쉽게 빠져나올 수가 없어 입게 된 화상으로, 큰 병원에 입원까지 하게 되는데 입도 벌어지지 않는 화상이라 죽을 빨대로 먹어야 했다. 아내 화상 수발은 상훈이 엄마인 제수가 감당했고, 화상 소식을 들으신 장모님은 달려와 우시기까지 했다.

그랬다가 화장실은 갈 만해져서 퇴원은 했으나, 얼굴이며 손이며 성한 곳이 없어 너무나도 불쌍했다. 그래서 나는 남편으로서 그러려니 할 수만은 없다는 생각에 화상 피해보상금이라도 받아 내야만 할 것 같아 변호사를 만나기도 했다. 그랬으나 피해보상금을 받아 내기는 가해자 형편도 좋지 못해 받아 낼 수는 있을지 내심 걱정이었다. 그렇지만 화상 가해자는 어떻게 만들었는지 피해보상금의 전부를 내놓는다. 그래서 받기는 했으나, 차량 기사의 실수로 입게 된 화상이라서 미안하기도 했다. 아무튼 그런 피해보상금을 결국 같은 동에 사는 친절한 아줌마의 사기 행각 때문에 몽땅 잃고 말았다. 아무튼, 그런 일들은 이제 흔적도 없이 지나가 버린 과거가 됐을 뿐이다.

죽은 이웃집 아이 처리

나는 이웃집 아이가 변소 통에 빠져 죽은 것을 더럽다는 생각도 없이 건져 내 수습까지 했다.

설명하자면, 우리 막내 윤숙이랑 동갑이기도 한 아이가 갑자기 부모 눈에 안 보이게 된 것이다. 잘 놀던 아이가 없어져 부모는 여기저기 찾아보지만, 찾지 못해 애만 태우는 것을 본 집주인 아줌마는 변소 냄새가 유달리 심해 혹시나 해서 막대기로 변소 통을 휘저으니 찾던 아이는 이미 죽어 시신으로 떠 오른 것이다.

그러나 건져 줄 사람이 아무도 없을 것 같아 내가 죽은 아이의 시신을 건져 주게 된다. 그렇지만 문제는 건져 준 것으로 그만이 아니라, 죽은 아이를 처리하는 것까지가 문제이지 않겠는가. 그래서 나는 죽은 아이 처리를 차에 갈려 죽은 고양이처럼 처리할 수는 없다는 생각에 깨끗하게라도 씻겨 주어야 할 것 같아 수돗물 호수로 물을 뿌리니, 아이 부모는 본능적으로 "아이고, 내 새끼." 하면서 달려오는 게 아닌가.

그래서 나는 화내듯 큰 소리로 "가까이 오지 말아요!" 그리 말하니 아이 부모는 너무나도 놀라고 무서운지 곧 안으로 들어가 버린다. 아무튼 죽은 아이를 처리하는 문제는 경찰관의 확인과 죽은 아이 아빠의 동료들로부터 도움을 받아 나름 수습해 주었다. 그런데 죽은 아이 부모는 잘 수습해 주어 고맙다는 표시로 나에게 내의 한 벌을 사 줬다.

인석이 신문 배달

집이 없는 사람들마다 누구든 그랬을 테지만, 우리도 이사를 일신 시장통 대령이 집으로 갔다. 이제 초등학교 4학년짜리 인석이는 어느 날부터 신문 배달부가 된다. 인석이가 신문 배달부가 된 이유는 신문 지국이 여유분으로 준 신문을 팔아 전자오락실에 갈 자금으로 쓰자는 나름의 계산이었나 보다. 아무튼 인석이는 비가 억수같이 쏟아지는 날에도 신문을 기다리는 사람들 때문에 배달해야만 된다고 고집을 부려서 아내는 말리려다 만다. 인석이는 입으나 마나 한 비옷을 입고 신문 배달을 했다. '인석이 너는 책임감도 있지만 앞으로 굶어 죽지는 않겠다' 그런 생각도 했다.

비로소 내 집

현재의 부개동보다 한참 안쪽인 인천시 서구 가좌동에 방 두 칸짜리 빌라를 보훈청으로부터 받게 된다. (매달 받게 되는 연금 조건) 그래서 회사 근무 비번인 날, 내일 이사할 것처럼 방 도배를 정성스럽게 한다. 그러니까 나도 이제 집이 생겼다는 그런 기쁜 마음으로 종이 장판까지도 바른 것이다. 그렇게 정성스럽게 바르고 다다음 날 가 보니, 정성스레 발라 놓은 종이 장판이 마르기는커녕 걷어 내기도 어려운 상태가 된 것이다. 아무튼 보훈청으로부터 받은 조그마한 방 두 칸짜리 집을 나중에 누구에게, 어떻게 처분했는지 기억은 없으나, 그렇게 처분한 돈으로 수시로 지나가는 전차 소리가 요란한 집이지만 부개동 한우주택을 마련한 것이다.

황성일 총괄부장

내가 비록 경비이기는 해도 사무실 직원들이 보기엔 신앙생활만은 잘한다 싶었는지, 나를 신우회 회장으로 세워 준다. 그래서 매주 월요일 점심때마다 예배를 갔다. 그러나 예배 장소가 마땅치 않아 사무실 옥상 한쪽 귀퉁이를 예배 장소로 쓰게 된다. 그런데 회사총괄부장인 황상일은 회사를 그만두게 되면 신학 공부를 해서 목회자가 되겠다는 말을 했다. 그런데 경비인 내가 너무나도 미운지 공격의 눈빛을 보내는 게 아닌가. 그러니까 어느 날은 나를 공격하고자 한밤중에 멀리까지 달려와 야간 근무 경비원들에게 묻기를, 최 실장이 어디에 갔는지 물어 경비원들은 평상에 누워 있다고 한다. 보조 경비들의 말을 들은 황성일 부장은 "그렇구먼." 하더니 그냥 가 버린다. 그렇게 가버리고 나서 다음 날, 나 때문에 죄인이 된 경비실 평상은 무참하게 부서지고 만다. 그것을 지켜본 나는 총무 박종순 과장에게 투덜대는 말을 한다.

박종순 과장도 그건 아니다 싶어 총괄부장에게 내가 투덜대더라는 말을 그대로 전했는지, 총괄부장 황성일 부장은 경비실로 찾아와서 하는 말이, 그게 아니라는 변명을 늘어놓는 게 아닌가. 그래서 나는 "몸이 너무나도 안 좋아 간호사가 걱정할 지경이라 잠시 누워 있었을 뿐입니다. 그래서 한 말씀 더 드린다면 저도 총회장님이 인정해 주시는 경비입니다."라고 말했다. 아무튼, 황성일 부장님도 이젠 신학 공부까지 하셔서 목사님으로 계시는지는 몰라도, 과거는 과거라는 생각으로 목회만큼은 어느 목사님보다 잘하시길 바랍니다.

총무과 직원에게 사과해야 할 일

출퇴근 버스들이 다 나가 정문을 닫았는데, 승용차가 문을 열고 들어와 누군가 하고 보니 총무과 직원이 아닌가. 그런데 총무과 직원이 음주한 상태로 주차를 하려고 해서 나는 따귀를 때린다. 따귀를 맞은 총무과 직원은 내게 태권도 자세를 취한다. 그러나 맞지는 않았다. 그 일이 일어난 후 근무 비번인 날, 기숙사에서 쉬고 있는데, 총무과 직원이 들어오더니 어제는 잘못했다고 하지 않는가. 찾아와 잘못했다고 하는 걸 보면 본래의 심성이 괜찮을 것이지만, 나는 그동안 음주 운전자에게 당한 일 때문에 따귀 때린 것이다. 따귀를 때린 이유는, 그러니까, 음주 운전을 가로막으려던 것뿐만 아니라 비록 경비이기는 해도 음주 운전자들이 형님 같은 사람에게 입에 담기도 어려운 욕까지 해서다. 아무튼 이제야 든 생각이지만, 총무과 직원의 손을 잡아 주었으면 마음 편할 건데, 그렇지를 못했다. 후회한다.

한우주택 반장

비록 철둑가 빌라이기는 해도 드디어 내 집을 마련했다는 기쁜 기분으로 이사하던 날, 집을 비워 주어야 할 사람은 집을 잘못된 생각으로 헐값에 팔았다는 이유로 문틀을 망치로 마구 부서뜨려 나는 당황했다. 지금 생각하면 헐값이 아니라 시세 가격을 치렀어야만 했는데, 그렇지를 못해 미안했다. 아무튼 그런데, 우리는 한우주택에서 어머니도 돌아가시는 등 이런저런 곡절들이 많았다. 그러니까 아파트 건설 측과의 다툼에서 파출소 소장과 부평구 부시장이 찾아오는 등 한우주택은 좀 시끄러웠다.

그렇게 시끄럽던 어느 날, 아파트 건설 측에서 한우주택과 협상하자는 말이 있어 마을을 위할 주민끼리만이라도 논의한 내용을 가지고 반장인 나까지 총 네 명이 아파트 건설 측 사무실로 문을 여니, 아파트 건설 측과의 정상 협상 반대대표 격인 최상호는 우리를 가두듯 문을 걸어 잠그고, 우람한 체격의 폭력배들은 (세 명) 무더운 여름임에도 가죽 장갑에다 두들겨 팰 몽둥이까지 들고 설치는 게 아닌가. 그래서 협상하러 간 두 명은 멀리서도 알아볼 만큼 벌벌 떤다. 그러나 나는 '나를 건들기만 해 봐라. 부평 상이자 모두를 데려올 테다.' 그런 마음으로 폭력배들을 노려보고 있었더니 대학까지 나온 동생뻘 되는 사람은 "아파트 측 요구대로 사인해 주어 버립시다." 해서, 나도 정상적인 협상은 도저히 안 될 것 같다는 생각에 아파트 건설 측 요구대로 사인해 주고 나오니 부평경찰서 박 형사가 "최 반장님은 참 대단하십니다." 한다.

대단하다는 박 형사 말이 어찌 자랑일 수 있겠는가마는, 우리 집은 경인 전철 복선으로 인해 철도청에서 주는 보상금으로 철거가 되어 버리고 말았다. 그리고 아파트 공사 측과 작당해 나쁜 짓을 했을 뿐만 아니라 나를 그리도 공격했던 최상호는 일 년도 더 못 살고 죽은 것이다.

그래서 말인데, 개인 이익을 위해 죄 없는 상대를 공격하다 죽음을 맞이하는 건 후손들에게도 나쁜 영향으로 미치지 않겠나. 그러니까 출세할 때 말이다.

경비 근무 아산으로까지

대륙제관 회사는 경비를 인력으로 쓸 일이 없는 회사로 만들겠다는 계획이 있었다. 그러니까 요즈음 시대를 반영하여 말하면 경비 시스템을 씨씨티비로 사용하겠다는 것이다. 대륙제관 회사가 그렇게 한 건 사장으로 영입되신 염동명 회계사 안을 창업주가 그대로 받아들이는 바람에 그동안의 경비들은 그만들 둘 수밖에 없어 모두 집으로들 가버리게 됐으나, 나는 그럴 수 없다는 생각에 멀리 아산까지 내려가게 된다.

물론 누워 잘 기숙사도 있고 밥도 먹을 수 있어 그런 것이기는 해도. 아무튼 대륙제관 회사는 공장 건물조차 아직 다 짓지 않았으나 경비로서 선배인 황관옥 경비는 먼저 내려가 근무 중이었다. 그러니까 경비 인력을 없애겠다고 했던 염동명 사장의 생각은 무산되고야 만 것이다.

그러니까 씨씨티비를 설치하여 경비로 사용한다는 건 상식적으로도 말이 안 되기 때문이다. 회사 경비는 말할 필요도 없이 회사 물건이면 그 무엇도 못 가져가게 사람이 막아야만 하지 않겠는가. 그럼에도 염동명 사장은 씨씨티비를 설치할 계획을 세웠다가 결국은 취소해 버린 것이다. 아무튼 나는 영등포 양평동 공장에서부터 형님 동생 하며 친절하게 지내던 사원들이 반겨 주어 경비 근무가 외롭거나 힘들지는 않았다.

총회장님이 문병하시다

나는 회사 경비 근무만 24년을 했었다. 그런 경비직을 건강으로 인해 그만두고 보니 대륙제관 창업주 덕에 살게 됐다는 감사한 마음이 들어, 서울 본사에 계실 것 같은 총회장님께 그동안 감사했다는 인사라도 드리는 게 옳겠다 싶어 찾아가게 된다. 그런데 때마침 회사 임원들 모임이 있었던 것인지 총회장만이 아니라 임원 모두의 얼굴을 보게 된다.

그러나 총회장께 감사 인사를 드리러 간 것이니 "저는 회장님 덕에 산 것 같아 이렇게 인사드리러 왔습니다." 그리 말씀드렸다. 총회장님은 고맙다는 표정을 지었다. 그러니까 총회장님이 고맙다는 표정을 지은 이유는 회사를 퇴직하고 인사드리러 온 사람이라고는 오직 나 한 사람뿐이었다는 것이다.

그런데 총회장 동생 박중흠 부회장님은 내게 물으시길, "회사 그만두면 앞으로 뭘 할 건데?" 그리 물으시기에 나는 "옛날에 부상 입은 다리 수술 때문에 입원하려고요." 그리 말씀드렸다. 그런데 총회장님은

"영만이 자네가 입원하게 되면 내가 찾아가겠네." 그러시지 않겠는가. 그래서 나는 빈말이더라도 고마운 말씀으로 여기고 있었는데, 총회장님은 빈말로 하신 게 아니라 진짜 오셔서 하시는 말씀이 "나는 올해가 팔십이네." 그러시면서 봉투까지 주시는 게 아닌가.

경비를 법률가로도?

대류제관 회사 임종철 기사는 느닷없이 자기 동네 사람들이기도 하다는 사위들을 데리고 와 하는 말이, 장모님이 목욕하시다 바닥에 미끄러져 결국은 돌아가셨는데, 그에 대한 보상비는 얼마나 받아 낼 수 있을지 내게 알아보려고 왔다는 것이다. 그래서 나는 사위들(세 명)의 퇴근 시간까지 세워 둘 차 안으로 불러들여 단도직입적으로 목욕하시다 돌아가신 장모님 보상비 받으시면 어디에다 쓰실 거냐고 물었더니, 사위들은 그런 물음을 고깝게 들었는지 "우리 그만 가세!" 하면서 미안했다는 인사말도 없이 곧 가 버린다. 내가 사위들의 마음에 안 드는 말을 한 이유는 고모 사촌 여동생 전화 때문이라고 해야 할 것 같다.

그러니까 우리나라가 산업화 초기라 도로 사정도 너무 열악해도 설명절만은 고향에 (영광군 군남면 동월리) 계시는 시부모님과 함께 보내야겠다는 생각에, 중고차이기는 하나 자랑도 할 겸 그 차를 타고 고향에 내려가다가 네 살짜리 아들을 잃게 된 것이다.

설명하자면 어린 아들이 오줌이 너무 마렵다고 해서 생각도 없이 내리게 했다가 씽씽 내달리는 반대편 차에 치이게 된 것이다. 그래서 브로커는 곧 찾아와 잃어버린 아들의 보상비를 받아 주겠다고 하는데, 어떻게 해야 할지 외사촌 오빠인 내게 묻는 게 아닌가 싶어 나는 말하길, "네 아들 보상비 받을 생각 마라. 보상비 받게 되면 어디다 쓸 것이며, 받은 보상비 쓸 때마다 잃어버린 네 아들 생각날 게 아니냐." 그리 말했다.

그래서 죽은 사람 눕혀 놓고 돈 흥정은 죄 중에 회복 불가능한 죄라고 말해 주고 싶다. 여기서 한마디 더하면, 돈이 아무리 좋기로서니 목욕탕에서 미끄러져 돌아가신 노인의 죽음을 언급하면서까지 이용하냐는 것이다.

승리 주택에서

　승리 주택은 신영이 결혼식 때까지 살았고, 윤숙이는 약대 졸업과 동시에 인천 길병원 상대로 운영하는 약국 약사로 취직했고, 나 또한 회갑 옷까지 입었던 그런 승리 주택이었다. 그런데 하마터면 대형 화재까지 날 뻔도 했던 그런 승리 주택 이었다. 그러니까 기름 보일러 통에 겨울용 기름을 가득 채워 두었는데, 그런 기름이 아래층으로 모두 쏟아져 버린 것이다. 잠든 사이에 밤새도록 말이다. 그나마 다행인 것은 화재거리가 하나도 없이 텅 빈 사무실이었다. 그렇지만 아내는 물론이고 아들도 화상으로 얼마나 많은 고생도 했는가 싶은 생각은 그대로였다.

윤성빌딩에서의 안정연

외손녀인 안정연은 이제 예쁘게 자라 외국 여행에도 제 엄마를 데리고 다닐 정도로까지 당당한 청년이다. 그런 안정연이 태어나자마자 제 엄마는 매일 출근해야만 해서 외가인 우리 집에서 성장해만 했다. 그렇기도 하지만, 오랜만에 아이라서 우리 가족 모두가 안정연을 좋아했다. 그래서든 안정연이 태어났음을 온 가족이 축복으로 알고 좋아하던 어느 날, 나는 하마터면 안정연을 죽일 뻔했다.

설명하자면, 아직 뒤집기도 못 한 안정연을 나는 너무나도 귀엽다는 생각으로 밖으로까지 안고 나다니다 널브러져 있는 전선줄에 걸려 정말 큰 실수를 저지를 뻔했다. 그러니까 손녀 안정연을 돌계단에다 내던진 것이다. 그래서 나는 너무나도 놀라 울기까지 했으나 안정연은 아무렇지도 않았고, 안정연 아빠는 괜찮다고 해서 나는 다행이다 싶어 놀란 가슴을 쓸어내렸다.

어떻든 안정연은 이제 클 만큼 컸으니 유치원에 보내 달라고 졸라댄다. 그래서 나는 안정연을 업고 전철 넘어 대동아파트 내에 있는 유치원에 가게 된다. 그런데 유치원 원장은 유치원이 내일부터 한 주간 여름 방학이란다. 내일부터 한 주간 방학이라는 유치원 원장 말을 듣게 된 안정연은 너무도 큰 실망을 했는지 위험한 찻길 한가운데 버티고 서 있었다. 그때는 그랬지만, 이제는 안정연이 웃어 주어 할아버지도 웃고 살아간다. 그렇지만 할아버지의 바람은 괜찮은 신랑감을 데리고 오면 한다. 그러니까 안정연 너는 예쁘기도 하지만 똑똑하기도 해서 신랑감 구하기는 일도 아닐 텐데 말이다.

대전현충원에 모셔진 장모님

장모님은 우리 집에 계시는 동안 동네 주민분들로부터 많은 대접을 받았다. 그러셨으나, 연세가 많으신 탓에 결국은 돌아가시게 되자, 손자들은 할머니를 어디로 모셔야 할지 논의한 끝에 결국은 할아버지와 함께 계실 수 있도록 하자고 결론을 내렸나 보다. 그러니까 장모님은 경찰로 돌아가신 할아버지 유족이시기에 할머니 유골을 대전현충원에 모시면 되는 일이라 나도 박 씨 집안 사위로써도 협력하게 된다.

그런데 장인어른은 피살되신 상태 그대로 대충 묻히셨기 때문인지 그동안 착용하셨던 안경도 그대로 쓰고 있어 한의사이기도 한 손자 박정열이 할아버지의 안경을 정성스럽게 수습한다.

장인어른이 묻히신 곳은 마산면 연구리 옛집 바로 앞, 그러니까, 거리로는 약 일백 미터 정도다. 그래서 붉은 완장들은 장인어른이 집에 들어오시기만을 기다렸다가 살해했을 게 아니겠는가. 장인어른을 살해했을 당시 경찰은 명분만 경찰이지 붉은 완장들의 밥 신세나 다름이 없었기 때문이다. 당시 경찰이면 가족까지도 무참하게 살해됐다는 사실을 나도 생생하게 봤다. 어쨌든 장인어른은 경찰관이기도 하지만 어느 청년들보다 똑똑하고 해남군 청년회장감으로 여김도 받으신 이유로 붉은 완장들로부터 반드시 죽임을 당할 수밖에 없었을 게 아닌가. 그래서든 목포 놈인 김대중이 우리 동네까지 쳐들어와 설치더니 장인을 살해한 것이라고 장모님은 그리도 미워하셨다. 그런 얘기가 듣기 좋은 일은 아니라서 누구한테도 말 못 하고 내게만 하게 된다고 하신다. 그러니까, 그런 얘기를 아들한테도 안 했다는 것이다. 아들은 다른 애들보다 덩치가 크기도 해서 그런지 애들을 두들겨 패는 바람에 경찰서에 여러 차례 끌려가기도 하고, 학교에서는 퇴학을 당하기도 했다. 그런 성격을 가진 아들에게 사실을 말해 본들 더 큰일이 벌어질지 모르기도 하고, 이미 죽임을 당하신 아버지의 사실을 말해 본들 속상할 뿐일 거라고 하신다.

할아버지 기분 최고의 날

오늘날은 모두가 잘 살게 되기는 했으나, 할머니라는 말은 듣기 싫은 말이라고 해서 한참 할머니임에도 어머니라고 하는가 보다 싶다. 그래서 나이 먹은 여성들이 젊음을 유지하려 헬스장에 다니는가 하면 늙어 보이기 싫어 보톡스 주사를 맞기도 한다는 것 같다. 그러니까 귀한 손주이지만 네가 낳은 자식이니 네가 키우고 내게는 맡기지 말라고 해서 자식을 더 두고 싶어도 못 두게 된다는 말도 듣게 된다.

여성들이야 그렇지만, 나는 그런 할머니가 아닌 할아버지라서인지 잘생기고 토실토실하게도 커 가는 외손주를 만지는 맛에 산다고 할까. 아무튼 손주 유모차를 3년을 밀고 다니다 유치원으로 보내게 된 후부터는 쉽게 못 보게 돼 얼굴이라도 한번 보고자 유치원이 끝날 시간에 찾아가니, 유치원 선생님은 손주가 누구냐고 물어 최지훈이라고 했더니 유치원 선생님은 "최지훈~ 할아버지 오셨다~" 하고, 외손주는 할아버지가 진짜 오셨는지 슬쩍 내다보더니 유치원 가방을 가지고 나오면서 하는 말이 "할아버지, 저 보고 싶어 오셨어요?" 그런다. 그래서 나는 "그래, 이 녀석아!" 그랬더니 외손주는 유치원 가방을 할아버지인 내게 던지듯 맡기고는 곧 아래층으로 뛰어 내려간다. 아니, 웬일로 뛰어 내려가나 싶어 곧 따라가니 손주가 세 명의 기사들을 끌어안고 있는 게 아닌가. 그러니까 오늘은 우리 할아버지 차 타고 갈 거라는 뜻으로 하는 인사인 것이다. 그래서 우리 손주를 태워다 주는 유치원 차량 기사는 "할아버지 잘 모시고 가거라." 하고, 우리 외손주는 손을 흔든다.

지훈이 너의 기특한 모습을 할아버지만이 아니라 남들도 봤으면 얼마나 좋았을까 싶지만 그게 아니라서 좀 아쉽다. 아쉽기는 하지만, 지훈이 네가 기특해 보이기는 오늘만이 아니라 영원할 것으로 할아버지는 믿는다. 할아버지가 그렇게 믿는 건 그만한 이유가 있어서다. 그만한 이유란, 시부모가 없으면 하는 고약한 시대에서 지훈이 네 엄마는 멀리 계시는 할아버지 할머니께 얼마나 잘해 드리냐. 지훈이네 엄마에게도 그렇기는 하지만, 작은엄마에게도 얼마나 잘하고 있느냐. 그렇다는 걸 명절 때마다 보고 있다.

금혼식에서

나는 오늘 너희들로부터 금혼식이라는 이름으로 축하받고 있다. 고맙다. 고맙지만 말로 해야 할 얘기를 말로는 잘 전할 수가 없어, 하는 수 없이 적이 왔으니 읽어 봐라. (고등학생 최한결) 그래, 삶의 끝자락에서 행복한 게 무어냐고 누가 다가와 묻기라도 한다면 나는 당연히 오늘 같은 금혼식이라고 해야 할 것 같다. 그러니까 자식이 많은 걸 자랑으로 여기던 그런 시대가 아닌 현대 사회에서 한결이 네 엄마를 포함해 딸 둘, 아들 하나가 최상이라고들 하는가 본데, 나에게는 그것도 행복이다.

뿐만이 아니다. 대가 이어질 우리 예준이도 두게 된 일도 그렇다. 관련해 고향 친구 얘기도 좀 한다면, 고향 친구에게는 손녀뿐이라 손주가 태어나길 그리도 바랐는데, 또 손녀가 태어나 산모인 며느리 앞에서까지 울었단다. 그래서 하는 말이지만, 딸이 낳은 손주는 사랑이고. 며느리가 낳은 손주는 할아버지에게 힘이다.

아무튼 내가 오늘까지 살아 있는 건 기적에 가깝다고 해야 할 것 같다. 그것은 지지리도 가난한 데다 장애인이라서 장가도 친구들보다 십년이나 늦게 갔으나, 지금은 행복한 금혼식을 맞이하기까지 했으니 말이다. 관련해 얘기를 더 하면, 군대 야간 훈련 도중 대동맥이 없어지기까지 하는 큰 부상을 입었다. 그래서 수도 메디컬센터에 입원하게 된다. 크리스마스를 며칠 앞둔, 밤 열두 시가 넘은 시간이다. 그래서 대동맥 이식수술을 받게 될 수술대에 눕게 되는데, 의사는 부상 정도를 보려니 동맥이 끊어진 게 아니라 동맥이 없어진 것이라고 했다.

그래서 의사는 다리를 절단할 수밖에 없겠다 싶어 절단하려다 젊은 병사의 다리를 절단하는 건 너무 잔인할 같다는 생각에 무슨 방법은 없을까 싶어 갓난아이의 기저귀를 채울 때나 필요한 고무줄을 동맥으로 써먹는다. 그러나 동맥을 연결하는 건 어림없는 일로 결국은 몸에 붙은 정맥을 동맥으로 써먹은 게 나를 오늘까지 살아 있게 한 것이다.

그래서 나는 서울 메디컬센터는 나만을 위해 세워진 병원이가 싶기도 했다. 그러니까 내 다리를 살리기 위해 열세 명의 의사가 매달렸고, 별수 없는 이유였겠지만 대동맥 이식수술도 네 차례 다 한밤중에 했고. 병원장 출퇴근 차량도 나만을 위해 대기했고, 말동무뿐이기는 하나 임시 간호사도 채용해 줬고, 간호장교는 경환자들에 하는 말이 "최상병을 살리자." 그리 말했고, 수술 성격상 많이 필요로 할 수밖에 없는 혈액도 기간병들을 휴가 보내 주는 조건으로 뽑았다. 그러던 중 나는 위생병 주사 (페니실린) 실수로 인해 금혼식인 오늘날을 맞이하지 못

하고 이미 하늘나라에 가 있었을지도 모른다.

아무튼 나는 다른 사람들 비해 한참 노인이나 자랑하자면, 그러니까 할아버지 학벌은 국민학교 졸업장도 없이 끊겼다. 시대적이기는 하나 교실이라고는 두 칸뿐인데, 다 국어책도 못 읽은 채 졸업할 때 나는 나이 삼십 초반에 결혼식 주례도 여섯 차례나 서 봤다. 물론 주례사는 대학 교수처럼 잘 살라는 그런 말이 아니라 젊은 주례자답게 했지만 말이다.

할아버지는 그렇기도 하지만, 새마을운동지도자로서 대통령 표창장도 받았다. 보상으로는 3개월도 못 가 고장이 나 버린 탁상시계와 현재의 돈 가치로 약 1억 원 정도 되지 않을까 싶은 돈이었는데, 개인적으로는 아니고 마을 명목으로 받아 이웃 면과의 도로 연결에 쓰인 상금이다.

여기서부터는 너희에게 물려줄 재산 문제에 대해 얘기할 것이다. 물려줄 재산 문제는 보다시피 부동산 현 시가로 본다면 일억 몇천만 원 정도인 빌라뿐이다. 그러나 아버지는 보훈연금을 받기에 보훈법에 따라 그런 연금이 너희들에게도 주어질지도 모르겠다. 물론 연금 지급은 엄마가 떠난 다음일 것이고, 무더기로 주는 게 아니라 개인 지급일 것이다.

어찌 됐든 할아버지는 그렇기도 했지만, 인척이신 할아버지는 조상님들 묘지 정리 과정에서 무려 4백 년이나 된 만사(輓詞)를 문중 어른들은 그동안 배운 한문 지식으로 해석을 해 보나, 완벽한 것까지는 아니라서 할아버지가 해석해 드린 것이다. 그렇지만 할아버지는 서당 공부를 한 것도 한 해 겨울뿐이다.

그러나 할아버지는 한문 해석이 아닌 한글로 해석하라면 어디서도 듣지 못한 해석도 할 수 있다. 물론 지금이야 아니지만, 할아버지는 이제 소설가라는 대접까지 받는다. 소설가라고 대접받을 수 있었던 건 하루아침에 이루어진 게 아니라 그만큼의 책을 봤고, 결혼식 축사 글도 그만큼 써 봤다고 할까. 할아버지는 국민학교 졸업장도 없는 소설가인데, 국내에서는 물론 세계에서도 내가 처음이요, 마지막일지도 모르겠다. 그래서 기성 소설가들이 내놓은 소설들은 문학이라는 시대적 소설이지만, 할아버지가 내놓게 된 소설은 삶의 지혜가 담긴 시사적 소설이라고 해야겠다. 그러니까 지금까지 집필한 소설책은 두 권의 수필을 포함하여 총 열네 권으로, 작은 도서관을 포함하여 2만여 도서관에서 독자를 기다릴 것이다. 그러니 예준이 너는 공부 천재들이나 간다는 서울대학교에 나와서 우리 할아버지 책이라고 자랑도 해라. 할아버지 책이 도서관에서든 헌책방에서든 앞으로도 50년은 독자를 기다릴 테니 말이다.

흉일 수도 있는 자식 자랑
⫶⫶

맏딸 신영이는 인천교육청 직원으로 있으면서 김부겸 국무총리 표창장, 유정복 인천시장 표창장, 도성훈 인천 교육감 표창장까지 받았다. 그런 표창장을 받은 이유는 인천 송도에다 국내 최초로 국제학교를 세운 공로자이기 때문이다. (캐나다에 있는 대학교까지 날아가) 신영이는 그것만이 아니라 각 학교 행정 요원들(600명) 상대로 실시한 골든벨도 울린 이력자다. 신영이는 이제 5급 공무원이라 인천 마전중학교 행정실장이고, 친정 부모인 우리에게는 더없이 자랑스러운 딸자식이다. 그러니까 시간 여유도, 돈도 있는 자식이면 누구든지 그럴 것이지만 신영이는 장녀이면서 가까이 산다는 이유로든 봄가을마다 국내 이곳저곳 여행도 시켜 준다. 물론 휴가를 내면서까지.

아들 인석이는 기업 경영상 스카우트가 되어 가게 된 연구팀 팀장이었다가 이제는 전 회사가 다시 데려간 연구팀 팀장이란다. 그렇기도 하고, 재혼한 아내와 딸도 아들도 낳고 가정적으로 잘 살고 있다. 재혼하게 된 얘기를 좀 하면, 결혼한 며느리는 인석이를 놓칠세라 대학원까지 같이 다녔고. 심지어 가족이 잠에서 일어나기도 전에 미안하다는 말도 없이 늘 찾아오기도 해서 부모인 나도 예쁘다는 생각이 들어 결혼을 시켜 주었다. 그랬으나 낳아야 할 손주를 낳지를 않아 말은 못하고 두고만 있었는데, 알고 보니 아이 낳을 수 없는 질병을 앓고 있었나 보다. 그렇기에 며느리 본인도 아이를 못 낳을 것 같았는지, 친정으로 자꾸 가 버리곤 해서 인석이가 다시 데려오기도 했으나 며느리는 헤어질 수밖에 없겠다는 완고한 태도를 보여 인석이는 하는 수 없이 이혼해 주게 됐다. 나중에 듣게 된 말이지만, 얼마 안 되는 전세금이지만 반을 주었단다.

그것을 처가에서 알고 고맙게 여겼을지 몰라도, 시아버지인 나는 이혼하고 가 버린 며느리가 밉다는 생각에 이메일로 말하길, "결혼하고 이혼하는 게 무슨 애들 장난인 줄 아느냐?" 그랬더니 "아버님, 죄송해요. 아버님은 연세도 있으신데 저는 아버님의 손주를 낳아 드릴 수가 없어요." 그런 대답을 해 왔다.

이혼한 며느리가 그러고서 얼마 후, 간단한 이삿짐이기는 하나 이삿짐을 빼 주려고 인석이가 살고 있는 아파트에 찾아갔더니, 인석이도 없는 집에 예쁘기도 하지만 똑똑하게 생긴 아가씨가 인석이 이삿짐인 운동화를 챙기고 있는 게 아닌가. 그래서 아가씨는 누구냐고 물으려다가 말고, 그동안 쓰던 물건이기는 하나 버리려고 오류동 동사무소에서 딱지를 사 왔더니 아가씨가 하는 말이, 자기가 사 올 건데 좀 늦었다면서 미안하다고 한다. 아가씨가 그렇게까지 상냥해서 내 며느릿감인가 했었으나, 아니라고 해서 실망했다. 그러니까 인석이가 그동안 어디서 지내다가 집에 왔는지 몰라도 내가 묻기를 그 아가씨가 누구냐고 물으니, 그냥 아는 사이란다. 그 아가씨는 인석이가 혹하게 생기기는 했으나, 문제는 돈이 없어 그만두었지 않았을까? 어떻든 인석이는 이혼하고 일 년 후쯤 미혼모와 재혼해서, 비록 재혼한 딸이기는 해도 법적으로 친딸로 등록해 지금은 친딸과 친아빠로 살아간다.

인석이가 재혼으로 가지게 된 딸은 아빠 잘 다녀오라는 인사까지 잘한다고 한다. 하루도 안 빼고 날마다, 누가 그렇게 하라고 시키지도 않았음에도 말이다. 막내인 아들은 아빠처럼 잘생기기도 했고, 학교 공부도 재미있게 한단다. 인석이는 그게 좋아서 그런지, 가정 주권은 재혼한 색시에게 모두 맡겼단다.

아무튼 인석이가 이혼 때문에 짝도 없이 홀로 지낼지 몰라 걱정했었으나, 이제 그런 걱정은 없어졌다.

막내딸인 윤숙이는 일산 이마트 사랑의약국 운영자다. 물론 부부가 운영하는 약국이지만, 윤숙이는 예쁘기도 해서 욕심 내는 분도 있었는지 듣는 말에 의하면, 자기 아들이 중국에서 공부한 한의사인데 누구도 고치지 못한 고질병을 고쳐 주면 자동차 한 대 값을 주겠다는 사람의 고질병을 단번에 고쳐 주기도 했다면서, 윤숙이를 며느리로 삼게 해 달라고 했단다. 윤숙이는 약사가 둘이나 있는 일산 이마트 사랑의약국 운영자이기도 하지만, 가정적으로도 더없이 좋은 아내다. 그렇기도 하지만 공부도 잘해서, 수능시험 출제 문제를 너무 쉽게 냈는가 싶어 걱정도 했단다. 그러니까 부평여자고등학교에서 나온 최초 점수이기도 해서 서울대학교도 갈 수 있는 성적이나, 약사는 어느 학교 출신인지는 필요 없겠다 싶어 경희대학교를 다닌 것이다.

윤숙이는 거기에다 누구도 없을 아이들 복도 타고났는지. 지금이야 동생들도 청년이 됐지만 형 녀석에게 묻기를, 너보다 더 큰 녀석도 있느냐고 나는 묻기도 했다.

엄마인 윤숙이는 초등학교 5학년짜리 동생과 중학교 2학년짜리 형에게 같은 옷, 그러니까 상의는 초록색 반팔 티셔츠와 바지는 카키색 반바지를 입혀 주었다. 애들은 제 엄마 마음을 알기라도 했는지 손까지 꼭 붙들고 걷는다. 그게 너무나도 좋게 보였는지 사진을 찍었고, 그런 사진이 할아버지인 나에게도 있다. 누군가에게 자랑하고 싶은 맘에 일산 이마트를 알리는 광고 사진으로 써먹으라고 보내기도 했다.

그래서 지금의 복은 하나님께서 허락해 주신 특별복일 것으로, 하나님께 감사하고, 그런 자식들을 낳아 준 아내에게도 고맙다. 그렇기에 삼성하이츠 빌라를 재건축업자가 관심 있게 볼지는 모르겠으나, 부족하다는 생각은 안 하고 살아간다. 그래서 윤숙이가 사 주겠다는 아파트도 거절했다.

마치는 말

가족에게 부탁하는 말

　나는 이제 세상을 언제 떠나게 될지 모르는 노령이다. 그러기에 세
상 떠나기 전 가족들에게 부탁하는 말을 좀 해야 할 것 같다. 부탁하
는 말이란, 현대 아파트에 살 때 말했기에 다들 알고 있겠지만, 나의
시신 기증 문제다. 시신 기증에 대해 생각해 보면 좀 오래전 일일 수도
있는, 나의 시신 기증에 대한 얘기는 54세 때 했다. 54세 때면 한참 맛
나게 살 나이기는 하나, 설명하자면 중국 총리로 19년을 지냈다는 주
은래 시신 기증 얘기가 나와야 하는데, 주은래는 본인 시신을 의학 연
구용으로 써먹으라고 했고, 주은래 아내 등영초는 이 약속을 지켜 줬
다는 내용의 책도 읽어 본 입장에서, 운전자들에겐 치명적일 졸음운
전으로 죽을 뻔했다는 이유라고 해야 할 것 같다.

　아무튼 나는 죽어 묻힐 곳도 국가로부터 혜택도 받게 될 국가유공자
다. 그렇기에 보훈부에서 현충원이라는 이름으로 조성해 놓은 공동묘
지에 묻히면 될 것이나, 내 의견은 그게 아니라 내 시신을 의대생들 공

부용으로 써먹을 수 있게 하라는 것이다. 연락처는 베개 밑에 유서와 함께 있고. 스마트폰에는 장기 기증자라는 이름으로 등록되어 있다.

그렇지만 혹 의대생들 공부용 시신 제공자가 너무 많아 필요치 않다면 화장해서 경기도 화성시 송산면 독지2리 산에 무덤으로 계시는 어머니 곁에 두어라. 그리하되, 사실을 누구에게도 말고 형제들에게만 알려라. 형제들에게만 알리라는 건 조용히 떠나는 것도 내가 해야 할 일 중 하나이기 때문이다. 나의 영혼은 천국에 가야 할 신앙인이니 그런 줄 알고 있어라. 그렇다 해도 책으로까지 써서 남기는 건 아니라고 말할 사람도 있을지 모르겠으나, 이것도 죽어서는 못 할 일이기 때문에 얘기하는 것이다.